U0153365

實用華語單字書

楊琇惠————編著

五南圖書出版公司 印行

在編寫了十餘本不同級數的華語書後，沒想到初學者的需求還是最大。深究其因，不外乎初學者眾，但堅持者少的緣故。這讓筆者思量再三，心想，如果能為初學者編輯出好的華語教材，讓他們在一接觸華語時就能輕易上手，甚至覺得華語是親切的、是易學的，那麼他們是否就會慢慢學下去，願意花時間精進華語呢？

念此，本人開始檢視目前市面上出版的初級華語教材，看看是否尚有未開發，或筆者能再努力的地方。觀察了許久之後，本人發覺到，華語的基礎單字書相當缺乏，尤其是能讓人隨身攜帶，隨時複習的單字書更是少見。見此，本人立刻找來目前在泰國任教的張郁笙老師，和她一起收集其他語言的單字書，並一本本評論其優缺點，廣泛地參考，反覆地商量，不為別的，就只是為了編輯出一本實用的華語單字書。幾經討論後，方決定要有系統地將單字加以分類，並附上常用的例句，這樣學生才能學得既輕鬆又清楚。

就分類而言，本書先依大項分成十四類，即：基本單字篇、人類篇、家庭生活篇、人際關係篇、健康篇、學校教育、飲食篇、購物篇、交通篇、娛樂篇、運動旅遊篇、文化篇、政治經濟篇、自然科學篇；然後每一大類再分成若干個小單元。以「家庭生活篇」為例，其下就分成：客廳、臥房、廚房、浴室和陽臺四個單元，而每個單元都條列了十五到二十個相關的單字。在每個單元中，除了常用的單字外，本書還特地收錄了相關的衍生單字。例如，在教到「時間」的單元時，除了條列：今年、明天、昨天、前天、後天、去年、明年、今年等主要詞彙外，還條列出與時間相關的用詞，如：現在、過去、未來。這麼做，正是想讓學生在學習此單元時，能有一個較為完整的認識。因此，只要學生肯學，絕對能迅速掌握一定的單字量。

除此之外，本書還考量到很多住在國外的初學者都是先學習簡體，然後才接觸到繁體的，當然也有相反的情形，因此，為了讓學習者能無縫接軌，本單字書以繁簡並列的方式呈現。這樣一來，學習者不論是先學哪一種字體，都能很輕易地轉換，並延伸所學。最後，值得一提的是，為了增加學習者對單字的熟悉度，在每一個單元裡，我們除了有例句來輔助學習外，還另外設計了一段既實用又富含趣味的對話，希望透過例句和對話的學習，同學能很快地掌握單字的用法。

　　前前後後，大約花了近兩年的時間來編寫此書，現在這本書終於要問市了，內心自然欣喜萬分。欣喜之餘，更是感念張老師和來自美國的 Matthew James Bolger 老師，若沒有他們的協助，這本書萬萬不可能誕生。正因有了兩位老師的幫忙，才能讓本書達到一定的水準。基於此，筆者誠摯相信，在本團隊的用心之下，這本單字書出版後一定能幫到很多華語初學者，不但能讓他們快速地累積單字，更能讓他們藉由明瞭單字的用法，縮短學習的時間，並能輕易地開口說華語。

楊琇惠

北科大文化事業發展系

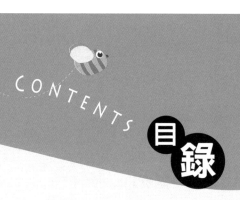

CONTENTS 目錄

CONTENTS

目錄

CONTENTS 目錄

C O N T E N T S

目錄

CONTENTS 目錄

CONTENTS

目錄

基本單字篇

BASIC
EXPRESSIONS

一、招呼語
zhāohū yǔ
Greetings

英文	繁體中文	简体中文	漢語拼音
hello	你（您）好	你（您）好	nǐ (nín) hǎo
good morning	早安	早安	zǎoān
good afternoon	午安	午安	wǔān
good evening	晚安	晚安	wǎnān
please	請	请	qǐng
thank you	謝謝	谢谢	xièxie
you're welcome	不客氣	不客气	búkèqì
sorry	對不起	对不起	duìbùqǐ
excuse me	不好意思	不好意思	bùhǎoyìsi
sorry	抱歉	抱歉	bàoqiàn
that's okay	沒關係	没关系	méiguānxi
sorry to bother you	麻煩你了	麻烦你了	máfán nǐ le
thanks for the hard work	辛苦了	辛苦了	xīnkǔ le
give my best to sb.	替我向……問好	替我向……问好	tì wǒ xiàng … wèn hǎo
goodbye	再見	再见	zàijiàn
see you later	待會（兒）見	待会（儿）见	dāihuǐ (ér) jiàn
see you tomorrow	明天見	明天见	míngtiān jiàn

補 充 生 詞
bǔchōng shēngcí
Additional Vocabulary

英文	繁體中文	简体中文	漢語拼音	詞性
acquaint	認識	认识	rènshì	V.
greet	打招呼	打招呼	dǎ zhāohū	V.
say hi	問好	问好	wè hǎo	V.

1. 服 務 生 對 客 人 說 ：「您好。」
   fúwùshēng duì kèrén shuō　　nín hǎo
   Waiter to guest: "Hello".

2. 謝謝 您 幫 我那麼 多 ，辛苦 您 了。
   xièxie nín bāng wǒ nàme duō　　xīnkǔ nín le
   Thanks for helping me so much, you really worked hard.

3. 麻煩 替我 向 您父親 問 好。
   máfán tì wǒ xiàng nín fùqīn wèn hǎo
   Please give my best to your father.

4. 不好意思，我 今天 睡 過 頭 了。
   bùhǎoyìsi　　wǒ jīntiān shuì guò tóu le
   Excuse me, I overslept today.

5. 對不起！我 來 晚 了。
   duìbùqǐ　　wǒ lái wǎn le
   Sorry! I'm late.

對 話
duìhuà

小張 ：（打電話）我已經 到 學校 門口 了，你到了嗎？
Xiǎozhāng　　dǎ diànhuà　　wǒ yǐjīng dào xuéxiào ménkǒu le　　nǐ dào le ma

Max ：不好意思，我記錯 時間了，可以 等 我一下嗎？
bùhǎoyìsi　wǒ jì cuò shíjiān le　kěyǐ děng wǒ yí xiàma

小張 ：好的，沒關係！待會兒見。
Xiǎozhāng　hǎo de　méiguānxi　dāihuěr jiàn

Dialogue

Xiǎozhāng : I am already at the school gate, are you here yet?

Max ： Excuse me, I forgot our meeting time. Can you wait for me?

Xiǎozhāng : Okay, no problem! See you in a bit!

二、代名詞
dàimíngcí
Pronouns

英文	繁體中文	简体中文	漢語拼音	詞性
you(respect)	您	您	nín	Pron.
you	你 / 妳	你	nǐ	Pron.
I	我	我	wǒ	Pron.
he	他	他	tā	Pron.
she	她	她	tā	Pron.
it	它	它	tā	Pron.
your(honorific)	您的	您的	nín de	Pron.
your	你的	你的	nǐ de	Pron.
my	我的	我的	wǒ de	Pron.
his	他的	他的	tā de	Pron.
her	她的	她的	tā de	Pron.
its	它的	它的	tā de	Pron.
we	我們	我们	wǒmen	Pron.
you	你們	你们	nǐmen	Pron.
they	他們	他们	tāmen	Pron.
they	她們	她们	tāmen	Pron.
our	我們的	我们的	wǒmen de	Pron.
your	你們的	你们的	nǐmen de	Pron.
theirs	他們的	他们的	tāmen de	Pron.
theirs	她們的	她们的	tāmen de	Pron.
this	這個	这个	zhège	Pron.
that	那個	那个	nàge	Pron.
these	這些	这些	zhèxiē	Pron.

英文	繁體中文	简体中文	漢語拼音	詞性
those	那些	那些	nàxiē	Pron.
here	這裡	这里	zhèlǐ	Pron.
there	那裡	那里	nàlǐ	Pron.

補充生詞
bǔchōng shēngcí
Additional Vocabulary

英文	繁體中文	简体中文	漢語拼音	詞性
its (animal)	牠的	牠的	tā de	Pron.
its (god)	祂的	祂的	tā de	Pron.
oneself	自己	自己	zìjǐ	Pron.
everyone	大家	大家	dàjiā	Pron.
other people	別人	別人	biérén	N.

1. 我 是 學 生 。
wǒ shì xuéshēng
I am a student.

2. 您 好 ， 請 問 您 貴 姓 ？
nín hǎo　qǐng wèn nín guìxìng
Hello, may I ask your surname?

3. 這個 水 果 很 甜 。
zhège shuǐguǒ hěn tián
This fruit is very sweet.

4. 這裡 每 天 都 下 雨 。
zhèlǐ měitiān dōu xià yǔ
Here it rains everyday.

01-02

5. 我 們 的 老師 是 美 國 人 。
wǒmen de lǎoshī shì Měiguó rén

Our teacher is American.

對 話
duìhuà

小陽　：今天 是 我 的 生日 ，我 請 你們 吃 飯。
Xiǎoyáng　　jīntiān shì wǒ de shēngrì　 wǒ qǐng nǐmen chī fàn

Sophie　：生日 快樂！
　　　　　　shēngrì kuàilè

小張　：我們 準備 了 禮物 送 給 你，希望 你 會 喜歡。
Xiǎozhāng　wǒmen zhǔnbèi le lǐwù sòng gěi nǐ　xīwàng nǐ huì xǐhuān

小陽　：謝謝 大家。走 吧！我們 去 吃飯。
Xiǎoyáng　　xièxie dàjiā　zǒu ba　 wǒmen qù chī fàn

Dialogue

Xiǎoyáng　 : Today is my birthday, I invite you out for a meal.

Sophie　　 : Happy birthday!

Xiǎozhāng : We bought a gift for you, I hope you'll like it.

Xiǎoyáng　 : Thanks everybody. Let's go out for a meal!

三、數字
shùzì
Numbers

英文	繁體中文	简体中文	漢語拼音	詞性
zero	零	零	ling	N.
one	一	一	yī	N.
two	二／兩	二／两	èr / liǎng	N.
three	三	三	sān	N.
four	四	四	sì	N.
five	五	五	wǔ	N.
six	六	六	liù	N.
seven	七	七	qī	N.
eight	八	八	bā	N.
nine	九	九	jiǔ	N.
ten	十	十	shí	N.
eleven	十一	十一	shíyī	N.
twelve	十二	十二	shíèr	N.
thirteen	十三	十三	shísān	N.
fourteen	十四	十四	shísì	N.
fifteen	十五	十五	shíwǔ	N.
sixteen	十六	十六	shíliù	N.
seventeen	十七	十七	shíqī	N.
eighteen	十八	十八	shíbā	N.
nineteen	十九	十九	shíjiǔ	N.
twenty	二十	二十	èrshí	N.
thirty	三十	三十	sānshí	N.
forty	四十	四十	sìshí	N.

英文	繁體中文	简体中文	漢語拼音	詞性
fifty	五十	五十	wǔshí	N.
sixty	六十	六十	liùshí	N.
seventy	七十	七十	qīshí	N.
eighty	八十	八十	bāshí	N.
ninety	九十	九十	jiǔshí	N.

補 充 生 詞
bǔchōng shēngcí
Additional Vocabulary

英文	繁體中文	简体中文	漢語拼音	詞性
one hundred	一百	一百	yìbǎi	N.
one thousand	一千	一千	yìqiān	N.
ten thousand	一萬	一万	yíwàn	N.
one hundred million	一億	一亿	yíyì	N.
one trillion	一兆	一兆	yízhào	N.

1. 外 公 今 年 九十 歲。
   wàigōng jīn nián jiǔshí suì
   Grandpa is ninety years old this year.

2. 阿姨 生 了 五個 小孩 。
   āyí shēng le wǔ ge xiǎohái
   My aunt has five children.

3. 外 面 有 三 間 便利 商 店 。
   wàimiàn yǒu sān jiān biànlì shāngdiàn
   There are three convenience stores outside.

4. 這個 廣 場 有 八十萬人。
zhège guǎngchǎng yǒu bāshíwàn rén
There are eight hundred thousand people in this square.

5. 這 堂 課 有 一百 多 個 學 生 。
zhè táng kè yǒu yìbǎi duō ge xuéshēng
There are more than one hundred students in this course.

對 話
duìhuà

Max ：我 和 太太 結婚 已經 一 年 多 了。
wǒ hé tàitai jiéhūn yǐjīng yì nián duō le

Sophie ： 真 好！你們 是 什麼 時候 認識 的？
zhēn hǎo nǐmen shì shénme shíhòu rènshì de

Max ： 我們 二十 歲 就 認識 了，一直 到 去年 才 結婚。
wǒmen èrshí suì jiù rènshì le yìzhí dào qùnián cái jiéhūn

Dialogue

Max : My wife and I have been married for over a year.

Sophie : Great! When did you meet each other?

Max : We met each other when we were twenty years old, we did not get married until just last year.

四、時間㈠
shíjiān
Time Part I

英文	繁體中文	简体中文	漢語拼音	詞性
hour	時	时	shí	N.
minute	分	分	fēn	N.
second	秒	秒	miǎo	N.
one o'clock	一點	一点	yì diǎn	N.
two o'clock	兩點	两点	liǎng diǎn	N.
three o'clock	三點	三点	sān diǎn	N.
four o'clock	四點	四点	sì diǎn	N.
five o'clock	五點	五点	wǔ diǎn	N.
six o'clock	六點	六点	liù diǎn	N.
seven o'clock	七點	七点	qī diǎn	N.
eight o'clock	八點	八点	bā diǎn	N.
nine o'clock	九點	九点	jiǔ diǎn	N.
ten o'clock	十點	十点	shí diǎn	N.
eleven o'clock	十一點	十一点	shíyī diǎn	N.
twelve o'clock	十二點	十二点	shíèr diǎn	N.
quarter past three	三點十五分	三点十五分	sān diǎn shíwǔ fēn	N.
half past six	六點半	六点半	liù diǎn bàn	N.
ten o'clock sharp	十點整	十点整	shí diǎn zhěng	N.
Monday	星期／禮拜／週一	星期／礼拜／周一	xīngqí /lǐbài/ zhōu yī	N.
Tuesday	星期二	星期二	xīngqí èr	N.
Wednesday	星期三	星期三	xīngqí sān	N.

英文	繁體中文	简体中文	漢語拼音	詞性
Thursday	星期四	星期四	xīngqí sì	N.
Friday	星期五	星期五	xīngqí wǔ	N.
Saturday	星期六	星期六	xīngqí liù	N.
Sunday	星期日／天	星期日／天	xīngqí rì /tiān	N.

補充生詞
bǔchōng shēngcí
Additional Vocabulary

英文	繁體中文	简体中文	漢語拼音	詞性
morning	早上／上午	早上／上午	zǎoshàng/ shàngwǔ	N.
noon	中午	中午	zhōngwǔ	N.
afternoon	下午	下午	xiàwǔ	N.
night	晚上	晚上	wǎnshàng	N.
midnight In the middle of the night	半夜	半夜	bànyè	N.
early in the morning	凌晨	凌晨	língchén	N.

1. 學 生 早 上 七 點 到 學 校。
   xuéshēng zǎoshàng qī diǎn dào xuéxiào
   The students arrive at school at seven in the morning.

2. 我 下午 三 點 才 吃 午飯。
   wǒ xiàwǔ sān diǎn cái chī wǔfàn
   I did not eat lunch until three o'clock.

3. 她 凌 晨 四 點 才 睡 覺。
   tā língchén sì diǎn cái shuìjiào
   She did not go to sleep until four o'clock in the morning.

4. 這 間 超 市 每 個 禮拜 天 都 休息。
zhè jiān chāoshì měi ge lǐbài tiān dōu xiūxí
This supermarket is closed on Sundays.

5. 中 午 十二 點 一起 吃 午餐，好 嗎？
zhōngwǔ shíèr diǎn yìqǐ chī wǔcān hǎo ma
Is it ok to have lunch together at 12 noon?

對話 duìhuà

小陽　　：　小張 ，最近 好 嗎？
Xiǎoyáng 　 Xiǎozhāng 　 zuìjin hǎo ma

小張 ：又 忙 又 累！我 每天 早上 八 點
Xiǎozhāng yòu máng yòu lèi wǒ měitiān zǎoshàng bā diǎn

上班 ，一直 忙 到 晚上 九 點 才 下班！
shàngbān yìzhí máng dào wǎnshàng jiǔ diǎn cái xiàbān

小陽 ：天 啊！你 要 多 休息，別 累 壞 了 呀！
Xiǎoyáng tiān a nǐ yào duō xiūxí bié lèi huài le ya

Dialogue

Xiǎoyáng ：Xiǎozhāng, how have you been?

Xiǎozhāng ：Busy and tired! I begin working at 8 o'clock every morning and stay at work until 9 o'clock at night.

Xiǎoyáng ：My gosh! You should rest more, don't strain yourself!

五、時間㈡
shíjiān
Time Part II

英文	繁體中文	简体中文	漢語拼音	詞性
once	曾經	曾经	céngjīng	Adv.
immediately	立刻	立刻	lìkè	Adv.
just now	剛才	刚才	gāngcái	Adv.
recently	最近	最近	zuìjìn	Adv.
always	一直	一直	yìzhí	Adv.
often	經常	经常	jīngcháng	Adv.
sometimes	偶爾	偶尔	ǒuěr	Adv.
from the past till the present; all along	從來	从来	cónglái	Adv.
at any time	隨時	随时	suíshí	Adv.
suddenly	突然	突然	túrán	Adv.
before	以前	以前	yǐqián	Adv.
after	以後	以後	yǐhòu	Adv.
before	之前	之前	zhīqián	Adv.
after	之後	之後	zhīhòu	Adv.
today	今天	今天	jīntiān	Adv.
yesterday	昨天	昨天	zuótiān	Adv.
tomorrow	明天	明天	míngtiān	Adv.
the day before yesterday	前天	前天	qiántiān	Adv.
the day after tomorrow	後天	后天	hòutiān	Adv.
this year	今年	今年	jīnnián	Adv.

英文	繁體中文	简体中文	漢語拼音	詞性
last year	去年	去年	qùnián	Adv.
next year	明年	明年	míngnián	Adv.
the year before last year	前年	前年	qiánnián	Adv.
the year after next year	後年	后年	hòunián	Adv.

補 充 生 詞
bǔchōng shēngcí
Additional Vocabulary

英文	繁體中文	简体中文	漢語拼音	詞性
now	現在	现在	xiànzài	N.
past	過去	过去	guòqù	N.
future	未來	未来	wèilái	N.

1. 我 也 曾 經 年 輕 過。
   wǒ yě céngjīng niánqīng guò
   I was also young once.

2. 如果 有 問題 請 隨時 問 老師。
   rúguǒ yǒu wèntí qǐng suíshí wèn lǎoshī
   If you have questions please ask teacher at any time.

3. 他 經 常 生 病 。
   tā jīngcháng shēngbìng
   He usually gets sick.

4. 老闆 和 經理 從來 都 不 遲到 。
   lǎobǎn hé jīnglǐ cónglái dōu bù chídào
   The boss and manager have never been late.

5. 我 的 朋 友 突然 打 電 話 給我。
wǒ de péngyǒu túrán dǎ diànhuà gěi wǒ
My friend has called me all of a sudden.

對話
duìhuà

Max ：Sophie，這 是 我 太太 Emma，她 昨天 才 到 臺灣。
zhè shì wǒ tàitai　　　　tā zuótiān cái dào Ttáiwān

Emma：妳 好，很 高興 認識 妳。
nǐ hǎo hěn gāoxìng rènshì nǐ

Sophie：妳 好，我 是 Sophie。
nǐ hǎo wǒ shì

Max ： 我們 會 在 臺北 待 兩 天， 後天 會去阿里山。
wǒmen huì zài Táiběi dāi liǎng tiān　hòutiān huìqù Ālǐshān

Sophie：如果 需要 幫忙 就 跟 我 說，祝 你們 玩 得 開
rúguǒ xūyào bāngmáng jiù gēn wǒ shuō zhù nǐmen wán de kāi

心。
xīn

Dialogue

Max : Sophie, this is my wife Emma, she came to Taiwan just yesterday.

Emma : Hello, nice to meet you.

Sophie : Hello, I am Sophie.

Max : We are going to stay in Taipei for two days, then we will go to Alishan the day after tomorrow.

Sophie : Let me know if you need help, hope you have fun!

六、月分和季節
yuèfèn hé jìjié
Months and Seasons

英文	繁體中文	简体中文	漢語拼音	詞性
day	日 / 天	日 / 天	rì/tiān	N.
week	週	周	zhōu	N.
month	月	月	yuè	N.
year	年	年	nián	N.
January	一月	一月	yīyuè	N.
February	二月	二月	èryuè	N.
March	三月	三月	sānyuè	N.
April	四月	四月	sìyuè	N.
May	五月	五月	wǔyuè	N.
June	六月	六月	liùyuè	N.
July	七月	七月	qīyuè	N.
August	八月	八月	bāyuè	N.
September	九月	九月	jiǔyuè	N.
October	十月	十月	shíyuè	N.
November	十一月	十一月	shíyīyuè	N.
December	十二月	十二月	shíèryuè	N.
Spring	春天	春天	chūntiān	N.
Summer	夏天	夏天	xiàtiān	N.
Fall	秋天	秋天	qiūtiān	N.
Winter	冬天	冬天	dōngtiān	N.

補 充 生 詞
bǔchōng shēngcí
Additional Vocabulary

英文	繁體中文	简体中文	漢語拼音	詞性
ncrhonal calendar	國曆	国历	guólì	N.
lunar calendar	農曆	农历	nónglì	N.
Before Christ (B. C)	西元前	西元前	xīyuán qián	N.
Anno Domini (A. D)	西元後	西元后	xīyuán hòu	N.

1. 學 生 在 每 年 七月 和 八月 放 暑假。
   xuéshēng zài měinián qīyuè hé bāyuè fàng shǔjià
   Students have summer vacation in July and August every year.

2. 我 的 生 日 在 二月。
   wǒ de shēngrì zài èryuè
   My birthday is in February.

3. 一 個 星 期 有 七 天。
   yí ge xīngqí yǒu qī tiān
   There are seven days in a week.

4. 中 秋 節 在 農曆 八 月 十 五 日。
   Zhōngqiūjié zài nónglì bāyuè shíwǔ rì
   The Moon Festival falls on the 15th day of the 8th lunar month.

5. 臺 灣 的 冬 天 又 濕 又 冷。
   Táiwān de dōngtiān yòu shī yòu lěng
   Winter in Taiwan is wet and cold.

對話
duìhuà

小陽 ： 中秋節 在 農曆 八 月 十五 日，這天 大家 都
Xiǎoyáng　Zhōngqiūjié zài nónglì bā yuè shíwǔ rì　zhètiān dàjiā dōu

會 吃 月餅。這個 月餅 送 給 你！
huì chī yuèbǐng　zhè ge yuèbǐng sòng gěi nǐ

Peter ：謝謝。
xièxie

小陽 ：好 吃 嗎？
Xiǎoyáng　hǎo chī ma

Peter ：甜 甜 鹹 鹹 的，很 好 吃！
tián tián xián xián de　hěn hǎo chī

Dialogue

Xiǎoyáng : The Moon Festival falls on the 15th day of the 8th month of the lunar calendar year. Everybody eats moon cakes on this day.

Peter　　 : Thanks.

Xiǎoyáng : Is it good?

Peter　　 : It's both sweet and salty. It is really delicious!

七、顏色
yánsè
Colors

英文	繁體中文	简体中文	漢語拼音	詞性
red	紅色	红色	hóngsè	N.
orange	橙色	橙色	chéngsè	N.
yellow	黃色	黃色	huángsè	N.
green	綠色	绿色	lǜsè	N.
olive	橄欖綠	橄榄绿	gǎnlǎnlǜ	N.
blue	藍色	蓝色	lánsè	N.
navy	深藍色	深蓝色	shēnlánsè	N.
purple	紫色	紫色	zǐsè	N.
red-purple, mauve prune (color)	紫紅色	紫红色	zǐhóngsè	N.
brown	褐色	褐色	hésè	N.
black	黑色	黑色	hēisè	N.
white	白色	白色	báisè	N.
gray	灰色	灰色	huīsè	N.
gold	金色	金色	jīnsè	N.
silver	銀色	银色	yínsè	N.
pink	粉紅色	粉红色	fěnhóngsè	N.
dark	深色	深色	shēnsè	N.
light	淺色	浅色	qiǎnsè	N.
color	彩色	彩色	cǎisè	N.

補充生詞
bǔchōng shēngcí
Additional Vocabulary

英文	繁體中文	简体中文	漢語拼音	詞性
(of mist, snow, floodwater, etc) a vast expanse of white	白茫茫的	白茫茫的	báimáng máng de	Adj.
pitch dark	黑漆漆的	黑漆漆的	hēiqīqī de	Adj.
lush green	綠油油的	绿油油的	lǜyóuyóu de	Adj.
bright red; glowurg	紅通通的	红通通的	hóngtōng tōng de	Adj.
gray and misty	灰濛濛的	灰濛濛的	huīméng méng de	Adj.

1. 爺爺 和 奶奶 都 有 一 頭 白 髮。
　 yéye hé nǎinai dōu yǒu yì tóu bái fǎ
Grandpa and grandma both have a head of grey hair.

2. 這 是 一 支 金色 的 iPhone。
　 zhè shì yì zhī jīnsè de iPhone
This is a gold iPhone.

3. 妹 妹 喜 歡 吃 紫色 的 葡萄。
　 mèimei xǐhuān chī zǐsè   de pútáo
My younger sister likes to eat red grape.

4. 中 國 人 喜 歡 紅 色。
　 Zhōngguórén xǐhuān hóngsè
Chinese people like the red color.

5. 她 的 衣 服 只 有 黑色 和 白色。
　 tā de   yīfú zhǐ yǒu hēisè hé báisè
She only has black and white clothes.

對話
duìhuà

Sophie ：你看！好 多 白色 的 車子 哦！
nǐ kàn hǎo duō báisè de chēzi ò

小張 ：對呀！妳 喜歡 白色 嗎？
Xiǎozhāng duì ya nǐ xǐhuān báisè ma

Sophie ：還好，我 以後 想 買 一 臺 紅色 的 車子。
háihǎo wǒ yǐhòu xiǎng mǎi yì tái hóngsè de chēzi

Dialogue

Sophie ： Look! There are a lot of white cars!

Xiǎozhāng ： Yeah! Do you like white?

Sophie ： Sort of, I would like to buy a red car in the future.

八、方位
fāngwèi
Directions

英文	繁體中文	简体中文	漢語拼音	詞性
above	上面	上面	shàngmiàn	Prep.
below	下面	下面	xiàmiàn	Prep.
left	左邊	左边	zuǒbiān	Prep.
right	右邊	右边	yòubiān	Prep.
next	旁邊	旁边	pángbiān	Prep.
between	中間	中间	zhōngjiān	Prep.
ahead	前面	前面	qiánmiàn	Prep.
behind	後面	后面	hòumiàn	Prep.
inside	裡面	里面	lǐmiàn	Prep.
outside	外面	外面	wàimiàn	Prep.
opposite	對面	对面	duìmiàn	Adv.
east	東邊	东边	dōngbiān	N.
west	西邊	西边	xībiān	N.
south	南邊	南边	nánbiān	N.
north	北邊	北边	běibiān	N.

補充生詞
bǔchōng shēngcí
Additional Vocabulary

英文	繁體中文	简体中文	漢語拼音	詞性
around	周圍	周围	zhōuwéi	Prep.
nearby	附近	附近	fùjìn	Adv.

英文	繁體中文	简体中文	漢語拼音	詞性
corner	角落	角落	jiǎoluò	N.
distance	距離	距离	jùlí	N.
far	遠	远	yuǎn	Adj.
near	近	近	jìn	Adj.

1. 臺北 在 臺灣 的 北 邊。
　 Táiběi zài Táiwān de běibiān
　 Taipei is on the North of Taiwan.

2. 你 的 手機 放 在 書 桌 上。
　 nǐ de shǒujī fàng zài shūzhuō shàng
　 Put your mobile phone on the desk.

3. 學 校 對面 有 一 間 很 好 吃 的 早餐店。
　 xuéxiào duìmiàn yǒu yì jiān hěn hǎo chī de zǎocāndiàn
　 There is a delicious breakfast place across the street from the school.

4. 我 家 就 住 在 捷運站 旁 邊。
　 wǒ jiā jiù zhù zài jiéyùnzhàn pángbiān
　 My home is right beside the MRT station.

5. 一 隻 小 貓 在 角落 睡 覺。
　 yì zhī xiǎo māo zài jiǎoluò shuìjiào
　 A small cat sleeps in the corner.

對 話
duìhuà

Sophie：請 問 捷運站 在 哪裡？
　　　　 qǐng wèn jiéyùnzhàn zài nǎlǐ

路人 ：妳 從 這裡 往 前面 走，看 到 紅綠燈 後
lùrén 　　 nǐ cóng zhèlǐ wǎng qiánmiàn zǒu kàn dào hónglǜdēng hòu

右 轉，就 會 看 到 捷運站 了。
yòu zhuǎn jiù huì kàn dào jiéyùnzhàn le

Sophie：謝謝。
xièxie

Dialogue

Sophie : May I ask where MRT is?

Passerby : You go straight from here, when you see the traffic light turn right, then you will see the MRT station.

Sophie : Thanks.

九、單位
dānwèi
Units

英文	繁體中文	简体中文	漢語拼音	詞性
length	長度	长度	chángdù	N.
height	高度	高度	gāodù	N.
width	寬度	宽度	kuāndù	N.
depth	深度	深度	shēndù	N.
centimeter	公分	公分	gōngfēn	N.
meter	公尺	公尺	gōngchǐ	N.
kilometer	公里	公里	gōnglǐ	N.
liter	公升	公升	gōngshēng	N.
milliliter	公撮	公撮	gōngcuò	N.
ounce	盎司	盎司	àngsī	N.
gallon	加侖	加仑	jiālún	N.
gram	公克	公克	gōngkè	N.
kilogram	公斤	公斤	gōngjīn	N.
ton	公噸	公吨	gōngdùn	N.
pound	磅	磅	bàng	N.
acre	公畝	公亩	gōngmǔ	N.
hectare	公頃	公顷	gōngqǐng	N.

補充生詞
bǔchōng shēngcí
Additional Vocabulary

英文	繁體中文	简体中文	漢語拼音	詞性
size	尺寸	尺寸	chǐcùn	N.

英文	繁體中文	简体中文	漢語拼音	詞性
capacity	容量	容量	róngliàng	N.
weight	重量	重量	zhòngliàng	N.
area	面積	面积	miànjī	N.

1. 聖 母 峰 的 高度 大約 九千 公尺。
　 Shèngmǔfēng de gāodù dàyuē jiǔqiān gōngchǐ
　 The height of Mount Everest is about 9,000 meters.

2. 長　江 大約 六千 三百 公里。
　 Chángjiāng dàyuē liùqiān sānbǎi gōnglǐ
　 The length of Yangtze River is about 6300 kilometers.

3. 這 個 桶子 的 容 量 是 兩　公 升。
　 zhè ge tǒngzi de róngliàng shì liǎng gōngshēng
　 The capacity of this bucket is 2 liters.

4. 我 胖 了 五 公斤。
　 wǒ pàng le wǔ gōngjīn
　 I have gained five kilograms.

5. 這 臺 卡車 載 了 一 公 噸 的 垃圾。
　 zhè tái kǎchē zài le yì gōngdùn de lèsè
　 This truck can load 1 ton of trash.

對 話
duìhuà

客人 ：你好，我 想 做 一 個 新 的 衣櫃。
kèrén 　　 nǐ hǎo 　 wǒ xiǎng zuò yí ge xīn de yīguì

老闆 ：要 不 要 幫 你 量 尺寸？
lǎobǎn 　 yào bú yào bāng nǐ liáng chǐcùn

客人　：謝謝 你。我 已經 把 尺寸 記 下 來 了，在 這裡。
kèrén　　xièxie nǐ　　wǒ yǐjīng bǎ chǐcùn jì xià lái le　　zài zhèlǐ

老闆：高度 兩 公尺 ， 寬度 一 公尺 五十 公分 ，深度
lǎobǎn　　gāodù liǎng gōngchǐ　　kuāndù yì gōngchǐ wǔshí gōngfēn　　shēndù

是六十 公分 。好 的，沒 問題 !
shì liùshí gōngfēn　　hǎo de　méi wèntí

Dialogue

Guest　: Hello, I would like to make a new wardrobe.

Owner : Do you need help to take measurements?

Guest　: Thanks. I have already written down the dimensions, here you go.

Owner : The height is 2 meters, the width is 150 centimeters, and the depth is 60 centimeters. All right, no problem!

十、節日
jiérì
Festivals

英文	繁體中文	简体中文	漢語拼音	詞性
New Year's Day	元旦	元旦	yuándàn	N.
Year-end banquet	尾牙	尾牙	wěiyá	N.
Chinese New Year	春節	春节	chūnjié	N.
Lantern Festival	元宵節	元宵节	yuánxiāojié	N.
Valentine's Day	情人節	情人节	qíngrénjié	N.
Peace Memorial Day	和平紀念日	和平纪念日	hépíngjì niànrì	N.
April Fool's Day	愚人節	愚人节	yúrénjié	N.
Easter	復活節	复活节	fùhuójié	N.
Tomb Sweeping Day	清明節	清明节	qīngmíngjié	N.
Dragon Boat Festival	端午節	端午节	duānwǔjié	N.
Mother's Day	母親節	母亲节	mǔqīnjié	N.
Chinese Valentine's Day	七夕	七夕	qīxì	N.
Father's Day	父親節	父亲节	fùqīnjié	N.
Hungry Ghost Festival	中元節	中元节	zhōngyuán jié	N.

英文	繁體中文	简体中文	漢語拼音	詞性
Mid-autumn Festival	中秋節	中秋节	zhōngqiūjié	N.
Teacher's Day	教師節	教师节	jiàoshījié	N.
National Day	國慶日	国庆日	guóqìngrì	N.
Taiwan Restoration Day	臺灣光復節	台湾光复节	táiwānguāng fùjié	N.
Halloween	萬聖節	万圣节	wànshèngjié	N.
Thanksgiving	感恩節	感恩节	gǎnēnjié	N.
Constitution Day	行憲紀念日	行宪纪念日	xíngxiànjì niànrì	N.
Christmas	聖誕節	圣诞节	shèngdànjié	N.

補 充 生 詞
bǔchōng shēngcí
Additional Vocabulary

英文	繁體中文	简体中文	漢語拼音	詞性
sick leave	病假	病假	bìngjià	N.
maternity leave	產假	产假	chǎnjià	N.
bereavement leave	喪假	丧假	sāngjià	N.
winter/summer vacation	寒／暑假	寒／暑假	hán /shǔjià	N.
birthday	生日	生日	shēngrì	N.

1. 臺 灣 人 喜 歡 在 中 秋 節 烤 肉 。

Táiwān rén xǐhuān zài Zhōngqiūjié kǎoròu

Taiwanese people like to barbecue for the Moon Festival.

2. 十月 十 日 是 臺灣 的 國慶日。
shíyuè shí rì shì Táiwān de guóqìngrì
The 10th of October is Taiwan National Day.

3. 愚人節 這 天 大家 會 開 玩 笑。
yúrénjié zhè tiān dàjiā huì kāi wánxiào
Everyone will pull pranks on April Fool's Day.

4. 臺灣 的 學 校 每 年 七月 和 八月 會 放 暑假。
Táiwān de xuéxiào měinián qīyuè hé bāyuè huì fàng shǔjià
Every July and August is summer vacation for schools in Taiwan.

5. 明 天 是 母親節，你 打算 怎麼 慶祝？
míngtiān shì mǔqīnjié nǐ dǎsuàn zěnme qìngzhù
How will you celebrate Mother's Day tomorrow?

對 話
duìhuà

小陽 ：新 年 到 了，妳 的 新 年 新 希望 是 什麼 ？
Xiǎoyáng xīn nián dào le nǐ de xīn nián xīn xīwàng shì shénme

Sophie ：我 打算 暑假 去 歐洲 旅行。我 想 去 德國、
wǒ dǎsuàn shǔjià qù Ōuzhōu lǚxíng wǒ xiǎng qù Déguó

義大利 和 法國。你 呢 ？
Yìdàlì hé Fǎguó nǐ ne

小陽 ：我 也 想 去 歐洲。我 一定 要 好好 存錢 ，然
Xiǎoyáng wǒ yě xiǎng qù Ōuzhōu wǒ yídìng yào hǎohǎo cúnqián rán

後 去 英國 過 聖誕節 。
hòu qù Yīngguó guò shèngdànjié

Dialogue

Xiǎoyáng : New Year is coming, what is you New Year's resolution?

Sophie : I plan to go travelling to Europe during the summer vacations. I'd like to go to Germany, Italy and France. How about you?

Xiǎoyáng : I also want to go to Europe. I need to start setting money aside, so I can go celebrate Christmas in the U.K.

人 類 篇

PEOPLE

一、身體外部
shēntǐ wàibù
External Body Parts

英文	繁體中文	简体中文	漢語拼音	詞性
head	頭	头	tóu	N.
hair	頭髮	头发	tóufǎ	N.
skin	皮膚	皮肤	pífū	N.
forehead	額頭	额头	étou	N.
eyebrow	眉毛	眉毛	méimáo	N.
eyelash	睫毛	睫毛	jiémáo	N.
eyes	眼睛	眼睛	yǎnjīng	N.
nose	鼻子	鼻子	bízi	N.
cheek	臉頰	脸颊	liǎnjiá	N.
beard; mustache	鬍子	胡子	húzi	N.
mouth	嘴巴	嘴巴	zuǐba	N.
lips	嘴唇	嘴唇	zuǐchún	N.
teeth	牙齒	牙齿	yáchǐ	N.
tongue	舌頭	舌头	shétou	N.
ears	耳朵	耳朵	ěrduo	N.
chin	下巴	下巴	xiàbā	N.
neck	脖子	脖子	bózi	N.
shoulder	肩膀	肩膀	jiānbǎng	N.
back	背部	背部	bèibù	N.
chest	胸部	胸部	xiōngbù	N.
belly	肚子	肚子	dùzi	N.
belly button	肚臍	肚脐	dùqí	N.
waist	腰部	腰部	yāobù	N.
arm	手臂	手臂	shǒubì	N.
palm	手掌	手掌	shǒuzhǎng	N.

英文	繁體中文	简体中文	漢語拼音	詞性
fingers	手指	手指	shǒuzhǐ	N.
nails	指甲	指甲	zhǐjiǎ	N.
private parts	陰部	阴部	yīnbù	N.
buttocks	臀部	臀部	túnbù	N.
thigh	大腿	大腿	dàtuǐ	N.
knee	膝蓋	膝盖	xīgài	N.
joint	關節	关节	guānjié	N.
calf	小腿	小腿	xiǎotuǐ	N.
ankle	腳踝	脚踝	jiǎohuái	N.
toes	腳趾	脚趾	jiǎozhǐ	N.

補充生詞
bǔchōng shēngcí
Additional Vocabulary

英文	中文		漢語拼音	詞性
upper body	上半身	上半身	shàng bàn shēn	N.
lower body	下半身	下半身	xià bàn shēn	N.
part	部位	部位	bùwèi	N.

1. 她 有 一 頭 黑色的 長 頭髮。
   tā yǒu yì tóu hēisè de cháng tóufǎ
   She has long black hair.

2. 醫生 說 我 膝蓋 受 傷 了，所以 盡量 不 要 爬山。
   yīshēng shuō wǒ xīgài shòushāng le　suǒyǐ jìnliàng bú yào páshān
   The doctor said my knee is injured, so it's best not to climb the
   mountain.

3. 爸爸 天天 刮 鬍子。
   bàba tiāntiān guā húzi
   Dad shaves his beard everyday.

4. 你 的 眼睛 眞 漂 亮 。
   nǐ de yǎnjīng zhēn piàoliàng
   Your eyes are really beautiful.

5. 叔叔 很 少 運 動，所以 有 個 大 肚子。
   shúshu hěn shǎo yùndòng suǒyǐ yǒu ge dà dùzi
   My uncle seldom exercises, so he has a big belly.

對話
duìhuà

小張 ：我 的 牙齒 有 點 痛 。
Xiǎozhāng　wǒ de yáchǐ yǒu diǎn tòng

小陽 ：看 醫生 了 嗎？
Xiǎoyáng　kàn yīshēng le ma

小張 ：看 了，醫生 說 是 蛀牙，要 我 吃 完 東西 要
Xiǎozhāng　kàn le yīshēng shuō shì zhùyá yào wǒ chī wán dōngxi yào

　　刷牙。
　　shuāyá

小陽 ：還好 沒 什麼 問題。
Xiǎoyáng　háihǎo méi shénme wèntí

Dialogue

Xiǎozhāng : I have got a little bit of a toothache.

Xiǎoyáng : Have you seen the dentist?

Xiǎozhāng : Yep, the dentist said I have a cavity, he advised me to brush my teeth after eating.

Xiǎoyáng : That's good, fortunately there is no big problem.

二、外 貌
wàimào
Appearance

英文	繁體中文	简体中文	漢語拼音	詞性
tall	高挑的	高挑的	gāotiāo de	Adj.
short	矮小的	矮小的	ǎixiǎo de	Adj.
fat	肥胖的	肥胖的	féipàng de	Adj.
slim	苗條的	苗条的	miáotiáo de	Adj.
thin	瘦的	瘦的	shòu de	Adj.
strong	強壯的	强壮的	qiángzhuàng de	Adj.
plump	豐滿的	丰满的	fēngmǎn de	Adj.
good-looking	好看的	好看的	hǎokàn de	Adj.
ugly	醜陋的	丑陋的	chǒulòu de	Adj.
beautiful	美麗的	美丽的	měilì de	Adj.
pretty	漂亮的	漂亮的	piàoliàng de	Adj.
sexy	性感的	性感的	xìnggǎn de	Adj.
handsome	帥氣的	帅气的	shuàiqì de	Adj.
decent	斯文的	斯文的	sīwén de	Adj.
cute	可愛的	可爱的	kěài de	Adj.
young	年輕的	年轻的	niánqīng de	Adj.
mature	成熟的	成熟的	chéngshóu de	Adj.
old	年老的	年老的	niánlǎo de	Adj.

補 充 生 詞
bǔchōng shēngcí
Additional Vocabulary

英文	繁體中文	简体中文	漢語拼音	詞性
height	身高	身高	shēngāo	N.
looks	長相	长相	zhǎngxiàng	N.
appearance	外表	外表	wàibiǎo	N.
figure	身材	身材	shēncái	N.

1. 模特兒 的 身 材 很 苗 條 。
   mótèr　de shēncái hěn miáotiáo

   The model has a really slim figure.

2. 爸爸 穿 西 裝 打 領 帶 特別 帥 氣 。
   bàba chuān xīzhuāng dǎ lǐngdài tèbié shuàiqì

   Dad is especially handsome when he wears suit and tie.

3. 兩 歲 的 小孩 走 起 路 來 非 常 可愛 。
   liǎng suì de xiǎohái zǒu qǐ lù lái fēicháng kěài

   Two-year-old children walk in a very cute way.

4. 女 明 星 又 美 麗 又 性 感 。
   nǚ míngxīng yòu měilì yòu xìnggǎn

   The female celebrity is both beautiful and sexy.

5. 這 部 電 影 很 好 看 。
   zhè bù diànyǐng hěn hǎo kàn

   This movie is awesome.

對 話
duìhuà

小張　：Max，你 最近 越 來 越　強壯　了！
Xiǎozhāng　　　nǐ zuìjìn yuè lái yuè qiángzhuàng le

Max ：對呀，我 每天 都 上 健身 房。
　　　duì ya　wǒ měitiān dōu shàng jiànshēn fáng

小張 ：我 很 久 沒 運動 了！下次 我 跟 你 一起去，好
Xiǎozhāng　wǒ hěn jiǔ méi yùndòng le　xià cì wǒ gēn nǐ yìqǐ qù　hǎo

嗎 ？
ma

Max ：那 有 什麼 問題！
　　　nà yǒu shénme wèntí

Dialogue

Xiǎozhāng : Max, you have become stronger and stronger recently!

Max　　　 : Yes, I have been going to the gym everyday.

Xiǎozhāng : It has been so long since I have last exercised! I'm going to with you next time, ok?

Max　　　 : No problem!

三、動作
dòngzuò
Actions

英文	繁體中文	简体中文	漢語拼音	詞性
to stand	站	站	zhàn	V.
to sit	坐	坐	zuò	V.
to kneel	跪	跪	guì	V.
to squat	蹲	蹲	dūn	V.
to walk	走	走	zǒu	V.
to climb; to crawl	爬	爬	pá	V.
to run	跑	跑	pǎo	V.
to jump	跳	跳	tiào	V.
to kick	踢	踢	tī	V.
to lie down	躺	躺	tǎng	V.
to lie face down	趴	趴	pā	V.
to carry (sth.) on (one's) back	背	背	bēi	V.
to fall	跌倒	跌倒	diédǎo	V.
to trip	摔跤	摔跤	shuāijiāo	V.

補充生詞
bǔchōng shēngcí
Additional Vocabulary

英文	繁體中文	简体中文	漢語拼音	詞性
bend over	彎腰	弯腰	wānyāo	V.

英文	繁體中文	简体中文	漢語拼音	詞性
to stretch	伸懶腰	伸懒腰	shēnlǎnyāo	V.
to do a split (gymnastics)	劈腿	劈腿	pītuǐ	V.

44

1. 小 嬰兒 才 剛 學 會 爬。
   xiǎo yīngér cái gāng xué huì pá
   The baby has just learned how to crawl.

2. 媽媽 在 床 上 休息。
   māma zài chuáng shàng xiūxí
   Mom is resting on the bed.

3. 他 去 公 園 找 朋 友。
   tā qù gōngyuán zhǎo péngyǒu
   He meets with his friends at the park.

4. 外 公 不 小 心 在 樓梯 跌 倒 了。
   wàigōng bù xiǎo xīn zài lóutī diédǎo le
   Grandpa fell down the stairs by accident.

5. 我 每 天 都 坐 公 車 上 學 。
   wǒ měitiān dōu zuò gōngchē shàngxué
   I take the bus to school everyday.

對 話
duìhuà

小陽 ：好 久 沒 運動 了，我 晚 點 要 跑步！你 要
Xiǎoyáng　　hǎo jiǔ méi yùndòng le　wǒ wǎn diǎn yào pǎobù　nǐ yào

　　　　一起 來 嗎？
　　　　yìqǐ lái ma

小張 ：好 啊，我 也 應該 走 一 走、動 一 動 。
Xiǎozhāng　hǎo a　wǒ yě yīnggāi zǒu yì zǒu　dòng yí dòng

小陽　　：好，那 晚 點 見！
Xiǎoyáng　　hǎo　nà wǎn diǎn jiàn

Dialogue

Xiǎoyáng　　: It's been long time since I have last exercised, so I am going running later! Do you want to come with me?

Xiǎozhāng　: Sure, I should also walk and move a little bit.

Xiǎoyáng　　: Ok, then see you later!

四、個性
gèxìng
Personalities

英文	繁體中文	简体中文	漢語拼音	詞性
friendly	友善的	友善的	yǒushàn de	Adj.
innocent	天真的	天真的	tiānzhēn de	Adj.
frank	坦率的	坦率的	tǎnshuài de	Adj.
shy	害羞的	害羞的	hàixiū de	Adj.
outgoing	外向的	外向的	wàixiàng de	Adj.
stable	穩重的	稳重的	wěnzhòng de	Adj.
serious	嚴肅的	严肃的	yánsù de	Adj.
cheerful	開朗的	开朗的	kāilǎng de	Adj.
lively	活潑的	活泼的	huópō de	Adj.
submissive	服從的	服从的	fúcóng de	Adj.
cautious	謹慎的	谨慎的	jǐnshèn de	Adj.
serious	認真的	认真的	rènzhēn de	Adj.
courteous	有禮的	有礼的	yǒulǐ de	Adj.
calm	冷靜的	冷静的	lěngjìng de	Adj.
generous	大方的	大方的	dàfāng de	Adj.
stingy	小氣的	小气的	xiǎoqì de	Adj.
conservative	保守的	保守的	bǎoshǒu de	Adj.
polite	客氣的	客气的	kèqì de	Adj.
naughty	調皮的	调皮的	tiáopí de	Adj.
wilful; self-willed; wayward; headstrong	任性的	任性的	rènxìng de	Adj.
brave	勇敢的	勇敢的	yǒnggǎn de	Adj.

英文	繁體中文	简体中文	漢語拼音	詞性
cowardly	膽小的	胆小的	dǎnxiǎo de	Adj.
stubborn	固執的	固执的	gùzhí de	Adj.
flexible	變通的	变通的	biàntōng de	Adj.
pompous	自大的	自大的	zìdà de	Adj.
humble	謙虛的	谦虚的	qiānxū de	Adj.
casual	隨興的	随兴的	suíxìng de	Adj.
impatient	急躁的	急躁的	jízào de	Adj.
saving	節儉的	节俭的	jiéjiǎn de	Adj.
wasteful	浪費的	浪费的	làngfèi de	Adj.
stupid	愚笨的	愚笨的	yúbèn de	Adj.
smart	聰明的	聪明的	cōngmíng de	Adj.
sly	狡猾的	狡猾的	jiǎohuá de	Adj.
wise	有智慧的	有智慧的	yǒu zhìhuì de	Adj.
reliable	可信賴的	可信赖的	kě xìnlài de	Adj.

補充生詞
bǔchōng shēngcí
Additional Vocabulary

英文	繁體中文	简体中文	漢語拼音	詞性
advantage	優點	优点	yōudiǎn	N.
disadvantage	缺點	缺点	quēdiǎn	N.
positive	正面的	正面的	zhèngmiàn de	Adj.
negative	負面的	负面的	fùmiàn de	Adj.

1. 我 弟弟 又 活潑 又 大方。
   wǒ dìdi yòu huópō yòu dàfāng
   My younger brother is both lively and generous.

2. 臺灣 人 對 觀 光 客 很 友 善。
Táiwān rén duì guānguāngkè hěn yǒushàn
Taiwanese people are really friendly to tourists.

3. 他 很 外 向，很 喜歡 交 朋 友。
tā hěn wàixiàng hěn xǐhuān jiāo péngyǒu
He is outgoing and enjoys making friends.

4. 他 對 每 個 人 都 很 有 禮貌。
tā duì měi ge rén dōu hěn yǒu lǐmào
He is very polite to everyone.

5. 隔壁 鄰居 很 節儉，從 不 浪費 食物。
gébì línjū hěn jiéjiǎn cóng bú làngfèi shíwù
Our next-door neighbors are very spendthrift, and never waste food.

對話
duìhuà

小張 ：Sophie，妳 來 臺灣 多 久 了？
Xiǎozhāng nǐ lái Táiwān duō jiǔ le

Sophie ：快 三 年 了，時間 過 得 真 快！
kuài sān nián le shíjiān guò de zhēn kuài

小張 ：這 三 年 也 讓 我 好好 認識 了 妳。
Xiǎozhāng zhè sān nián yě ràng wǒ hǎohǎo rènshì le nǐ

Sophie ：怎麼 說？
zěnme shuō

小張 ：剛 認識 妳 時，只 覺得 妳 很 害 羞，很 內向。
Xiǎozhāng gāng rènshì nǐ shí zhǐ juéde nǐ hěn hài xiū hěn nèixiàng

但是， 慢慢 熟 了 以後，才 發現 妳 不但
dànshì mànmàn shóu le yǐhòu cái fāxiàn nǐ búdàn

友善　，還　相當　坦率　。能　認識 妳　真　好！
yǒushàn　hái xiàngdāng tǎnshuài　néng rènshì nǐ zhēn hǎo

Dialogue

Xiǎozhāng : Sophie, how long have you been in Taiwan.

Sophie　　: I have been in Taiwan for almost three years. Time really flies.

Xiǎozhāng : I feel I have gotten to know you very well these past three years.

Sophie　　: What do you mean?

Xiǎozhāng : When I first met you, I thought you were very shy and introverted. But after I have gotten to know you, I have realized that you are not only friendly, but also frank. I am glad to have met you!

五、情緒
qíngxù
Emotions

英文	繁體中文	简体中文	漢語拼音	詞性
emotion	情感	情感	qínggǎn	Adj.
sadness	傷心	伤心	shāngxīn	Adj.
love	愛	爱	ài	Adj.
hatred; enimity	仇恨	仇恨	chóuhèn	Adj.
shy	害羞	害羞	hàixiū	Adj.
satisfaction	滿足	满足	mǎnzú	Adj.
happiness	幸福	幸福	xìngfú	Adj.
surprise	驚訝	惊讶	jīngyà	Adj.
shock	震驚	震惊	zhènjīng	Adj.
fear	害怕	害怕	hàipà	Adj.
dislike	討厭	讨厌	tǎoyàn	Adj.
contempt	輕視	轻视	qīngshì	Adj.
envy	羨慕	羡慕	xiànmù	Adj.
jealousy	嫉妒	嫉妒	jídù	Adj.
pride	驕傲	骄傲	jiāoào	Adj.
excitement	興奮	兴奋	xīngfèn	Adj.
worry	擔心	担心	dānxīn	Adj.
anxiety	憂慮	忧虑	yōulǜ	Adj.
nervousness	緊張	紧张	jǐnzhāng	Adj.
despair	絕望	绝望	juéwàng	Adj.
disappointment	失望	失望	shīwàng	Adj.
depression	沮喪	沮丧	jǔsàng	Adj.
loneliness	寂寞	寂寞	jímò	Adj.

英文	繁體中文	简体中文	漢語拼音	詞性
guilty	愧疚	愧疚	kuìjiù	Adj.
embarrassment	尷尬	尴尬	gāngà	Adj.
confusion	困惑	困惑	kùnhuò	Adj.

補 充 生 詞
bǔchōng shēngcí
Additional Vocabulary

英文	繁體中文	简体中文	漢語拼音	詞性
hope	希望	希望	xīwàng	V.
like	喜歡	喜欢	xǐhuān	V.
regret	後悔	后悔	hòuhuǐ	V.
happy	快樂	快乐	kuàilè	Adj.
angry	生氣	生气	shēngqì	Adj.

1. 我 後 悔 把 工 作 交 給 他。
   wǒ hòuhuǐ bǎ gōngzuò jiāo gěi tā
   I regret handing over this work to you.

2. 聽 到 這個 消息 大家 都 很 驚訝。
   tīng dào zhège xiāoxí dàjiā dōu hěn jīngyà
   Everyone is surprised to hear this news.

3. 籃球 比賽 輸 了，全 班 同 學 都 很 失 望。
   lánqiú bǐsài shū le quán bān tóngxué dōu hěn shīwàng
   All the classmates are disappointed that we lost the basketball game.

4. 父母 總 是 擔 心 孩子 的 安 全。
   fùmǔ zǒngshì dānxīn háizi de ānquán
   Parents are always worried about the safety of their children.

5. 一 個 人 生 活 久 了，難 免 會 感 到 寂寞。
yí ge rén shēnghuó jiǔ le　nánmiǎn huì gǎn dào jímò
It's inevitable to feel lonely when living alone for long time.

對話
duìhuà

Max 　：要 考試 了，壓力 好 大 哦！
yào kǎoshì le　yālì hǎo dà ò

Sophie：真 的！我 只要 一 有 壓力 就 容易 緊張 。
zhēn de　wǒ zhǐyào yì yǒu yālì jiù róngyì jǐnzhāng

Max 　：考 完 就 放 暑假 了，我們 一起 加油 吧！
kǎo wán jiù fàng shǔjià le　wǒmen yìqǐ jiāyóu ba

Dialogue

Max 　: The exams are coming! I am under a lot of stress!

Sophie : Really! Once I am a little under pressure, I immediately start feeling stressed.

Max 　: After the exam we will be able to enjoy our summer vacation. I'm with you!

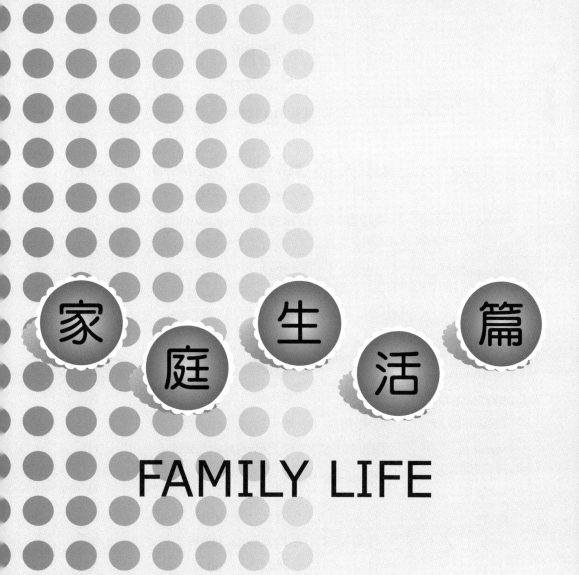

家庭生活篇

FAMILY LIFE

一、客廳
kètīng
Living Room

英文	繁體中文	简体中文	漢語拼音	詞性
TV	電視	电视	diànshì	N.
remote control	遙控器	遥控器	yáokòngqì	N.
lamp	電燈	电灯	diàndēng	N.
computer	電腦	电脑	diànnǎo	N.
printer	印表機	印表机	yìnbiǎojī	N.
mobile phone	手機	手机	shǒujī	N.
camera	相機	相机	xiàngjī	N.
air conditioner	冷氣	冷气	lěngqì	N.
electrical fan	電風扇	电风扇	diànfēngshàn	N.
dehumidifier	除濕機	除湿机	chúshījī	N.
vacuum cleaner	吸塵器	吸尘器	xīchénqì	N.
table	桌子	桌子	zhuōzi	N.
chair	椅子	椅子	yǐzi	N.
sofa	沙發	沙发	shāfā	N.
carpet	地毯	地毯	dìtǎn	N.
door	門	门	mén	N.
door lock	門鎖	门锁	ménsuǒ	N.
key	鑰匙	钥匙	yàoshi	N.
ceiling	天花板	天花板	tiānhuābǎn	N.
wall	牆壁	墙壁	qiángbì	N.
floor	地板	地板	dìbǎn	N.
stairs	樓梯	楼梯	lóutī	N.

補充生詞
bǔchōng shēngcí
Additional Vocabulary

英文	繁體中文	简体中文	漢語拼音	詞性
turn on	開	开	kāi	V.
turn off	關	关	guān	V.
electrical appliance	電器	电器	diànqì	N.

1. 臺灣人平均每天使用三個小時的手機。
Táiwān rén píngjūn měitiān shǐyòng sān ge xiǎoshí de shǒujī
Taiwanese people spend on average three hours everyday on their phone.

2. 辦公室有一臺新的彩色印表機。
bàngōngshì yǒu yì tái xīn de cǎisè yìnbiǎojī
There is a new color printer in the office.

3. 我把鑰匙忘在家裡了。
wǒ bǎ yàoshi wàng zài jiā lǐ le
I left my key at home.

4. 山區的天氣潮濕，所以需要開除濕機。
shānqū de tiānqì cháoshī suǒyǐ xūyào kāi chúshījī
The weather in the mountains is damp, so we need to turn on the dehumidifier.

5. 哥哥一到家就開始看電視。
gēge yí dào jiā jiù kāishǐ kàn diànshì
My older brother watches TV once he gets home.

對話
duìhuà

設計師：這是我畫的設計圖，您看看！有一個客廳、四
shèjìshī zhè shì wǒ huà de shèjìtú nín kànkàn yǒu yí ge kètīng sì

間房間、一個廚房和兩間浴室。
jiān fángjiān yí ge chúfáng hé liǎng jiān yùshì

Max ：這個設計不錯，我喜歡。
zhège shèjì búcuò wǒ xǐhuān

設計師：對了！想要跟您討論牆壁的顏色。
shèjìshī duì le xiǎngyào gēn nín tǎolùn qiángbì de yánsè

Max ：好呀！你有什麼想法？
hǎo ya nǐ yǒu shénme xiǎngfǎ

Dialogue

Designer : This is the design I drew. Look, there is a living room, four bedrooms, a kitchen, and two bathrooms.

Max : This design is quite good, I like it.

Designer : By the way, I'd like to discuss the color of the walls with you.

Max : Ok! Do you have any ideas?

二、臥房
wòfáng
Bedroom

英文	繁體中文	简体中文	漢語拼音	詞性
window	窗戶	窗户	chuānghù	N.
curtain	窗簾	窗帘	chuānglián	N.
wardrobe	衣櫥	衣橱	yīchú	N.
hanger	衣架	衣架	yījià	N.
dresser	五斗櫃	五斗柜	wǔdǒuguì	N.
iron	熨斗	熨斗	yùndǒu	N.
lamp	檯燈	台灯	táidēng	N.
alarm	鬧鐘	闹钟	nàozhōng	N.
picture frame	相框	相框	xiàngkuāng	N.
headboard cabinet	床頭櫃	床头柜	chuángtóuguì	N.
bed	床	床	chuáng	N.
bed sheet	床單	床单	chuángdān	N.
single bed	單人床	单人床	dānrénchuáng	N.
double bed	雙人床	双人床	shuāngrénchuáng	N.
pillow	枕頭	枕头	zhěntou	N.
comforter	棉被	棉被	miánbèi	N.
blanket	毯子	毯子	tǎnzi	N.
mirror	鏡子	镜子	jìngzi	N.
vanity	梳妝臺	梳妆台	shūzhuāngtái	N.

補充生詞
bǔchōng shēngcí
Additional Vocabulary

英文	繁體中文	简体中文	漢語拼音	詞性
studio apartment	套房	套房	tàofáng	N.
apartment (with shared bedroom and kitchen)	雅房	雅房	yǎfáng	N.
single room	單人房	单人房	dānrénfáng	N.
double room	雙人房	双人房	shuāngrénfáng	N.

1. 天氣冷了，趕緊把窗戶關上。
tiānqì lěng le gǎnjǐn bǎ chuānghù guān shàng
The weather is getting cold, hurry up and close the window.

2. 我的房間有一面大鏡子。
wǒ de fángjiān yǒu yí miàn dà jìng zi
There is a big mirror in my room.

3. 媽媽把被子和枕頭拿到太陽下晒。
māma bǎ bèizi hé zhěntou ná dào tàiyáng xià shài
Mom takes the comforter and the pillows out to dry in the sun.

4. 床頭的鬧鐘壞了。
chuángtóu de nàozhōng huài le
The alarm at the head of the bed doesn't work.

5. 這間飯店的床睡起來很舒服。
zhè jiān fàndiàn de chuáng shuì qǐ lái hěn shūfú
The beds are comfortable in this hotel.

對話 duìhuà

小張 ：你 找 到 新 房子 了 嗎 ？
Xiǎozhāng　nǐ zhǎo dào xīn fángzi le ma

Sophie ：我 已經 租 到 一 間 套房 ，裡面 什麼 都 有 ，
wǒ yǐjīng zū dào yì jiān tàofáng　lǐmiàn shénme dōu yǒu

而且 都 是 新 的 。
érqiě dōu shì xīn de

小張 ：聽 起來 真 不錯 ，下次 帶 我 去 看看 ！
Xiǎozhāng　tīng qǐlái zhēn búcuò　xiàcì dài wǒ qù kànkàn

Dialogue

Xiǎozhāng：Did you find the new house?

Sophie　　：I have already rented an apartment, it is fully furnished and everything is new!

Xiǎozhāng：It sounds great! Take me there next time!

三、廚 房
chúfáng
Kitchen

英文	繁體中文	简体中文	漢語拼音	詞性
kettle	水壺	水壶	shuǐhú	N.
drinking fountain	飲水機	饮水机	yǐnshuǐjī	N.
refrigerator	冰箱	冰箱	bīngxiāng	N.
oven	烤箱	烤箱	kǎoxiāng	N.
gas stove	瓦斯爐	瓦斯炉	wǎsīlú	N.
microwave	微波爐	微波炉	wéibōlú	N.
range hood	抽油煙機	抽油烟机	chōuyóuyānjī	N.
dishwasher	洗碗機	洗碗机	xǐwǎnjī	N.
coffee machine	咖啡機	咖啡机	kāfēijī	N.
juicer	果汁機	果汁机	guǒzhījī	N.
bowl	飯碗	饭碗	fànwǎn	N.
dish	盤子	盘子	pánzi	N.
chopsticks	筷子	筷子	kuàizi	N.
spoon	湯匙	汤匙	tāngchí	N.
fork	叉子	叉子	chāzi	N.
knife	刀子	刀子	dāozi	N.
pot	鍋子	锅子	guōzi	N.
plastic bag	塑膠袋	塑胶袋	sùjiāodài	N.
plastic wrap	保鮮膜	保鲜膜	bǎoxiānmó	N.
kitchen waste	廚餘	厨余	chúyú	N.

補充生詞
bǔchōng shēngcí
Additional Vocabulary

英文	繁體中文	简体中文	漢語拼音	詞性
to do house wrok	做家事	做家事	zuò jiāshì	V.
recycle	回收	回收	huíshōu	V.
mop the floor	拖地	拖地	tuōdì	V.
wash the bowl	洗碗	洗碗	xǐwǎn	V.
take out the trash	倒垃圾	倒垃圾	dàolèsè	V.

1. 吃 西餐 要 用 刀子 和 叉子，不 用 筷子。
   chī xīcān yào yòng dāozi hé chāzi   bú yòng kuàizi
   When eating Western food you must use a fork and knife, don't use chopsticks.

2. 臺灣 人 習慣 用 筷子 吃飯。
   Táiwān rén xíguàn yòng kuàizi chī fàn
   Taiwanese people are accustomed to eat chopsticks to eat.

3. 廚餘 請 倒 在 這 個 桶子 裡。
   chúyú qǐng dào zài zhè ge tǒngzi lǐ
   Please empty the kitchen waste into this bucket.

4. 用 洗碗機 洗碗，又 乾淨 又 方便。
   yòng xǐwǎnjī xǐwǎn   yòu gānjìng yòu fāngbiàn
   It's more sanitary and convenient to use the dishwasher to wash the dishes.

5. 臺灣 的 便利 商 店 不 提供 免費 塑膠袋 給 客人。
   Táiwān de biànlì shāngdiàn bù tígōng miǎnfèi sùjiāodài gěi kèrén
   Convenience stores in Taiwan do not offer free plastic bags to customers.

對話
duìhuà

小張 ：我 在 餐廳 打工， 每天 洗 一 堆 碗盤 和
Xiǎozhāng　wǒ zài cāntīng dǎgōng　měitiān xǐ yì duī wǎnpán hé

鍋子！
guōzi

Sophie ：好 慘 啊！好 險，我 打工 的 那 間 餐廳 有
hǎo cǎn a　hǎo xiǎn wǒ dǎgōng de nà jiān cāntīng yǒu

洗碗機，又 輕鬆 又 方便 。
xǐwǎnjī　yòu qīngsōng yòu fāngbiàn

小張 ：不過，如果 我們 餐廳 也 有 洗碗機 的 話，那我
Xiǎozhāng　búguò　rúguǒ wǒmen cāntīng yě yǒu xǐwǎnjī de huà　nà wǒ

不就 沒 工作 了 嗎？
bújiù méi gōngzuò le ma

Dialogue

Xiǎozhāng : I have a part time job in a restaurant. Everyday I have to wash a large stack of bowls, dishes and pots!

Sophie : That's so miserable! Thank God there is a dishwasher in our restaurant, easy and convenient!

Xiǎozhāng : However, if there were also a dishwasher in our restaurant, then would I lose my job?

四、浴室和陽臺
yùshì hé yángtái
Bathroom and Balcony

英文	繁體中文	简体中文	漢語拼音	詞性
toilet	馬桶	马桶	mǎtǒng	N.
bathtub	浴缸	浴缸	yùgāng	N.
wash basin	洗臉盆	洗脸盆	xǐliǎnpén	N.
faucet	水龍頭	水龙头	shuǐlóngtóu	N.
shower head	蓮蓬頭	莲蓬头	liánpéngtóu	N.
soap	肥皂	肥皂	féizào	N.
towel	毛巾	毛巾	máojīn	N.
cleanser	洗面乳	洗面乳	xǐmiànrǔ	N.
hand wash	洗手乳	洗手乳	xǐshǒurǔ	N.
shower gel	沐浴乳	沐浴乳	mùyùrǔ	N.
shampoo	洗髮精	洗发精	xǐfǎjīng	N.
conditioner	潤髮乳	润发乳	rùnfǎrǔ	N.
tooth brush	牙刷	牙刷	yáshuā	N.
tooth paste	牙膏	牙膏	yágāo	N.
razor	刮鬍刀	刮胡刀	guāhúdāo	N.
tissue	衛生紙	卫生纸	wèishēngzhǐ	N.
sanitary pad	衛生棉	卫生棉	wèishēngmián	N.
hair dryer	吹風機	吹风机	chuīfēngjī	N.
washing machine	洗衣機	洗衣机	xǐyījī	N.
washing detergent (powder); washing powder	洗衣粉	洗衣粉	xǐyīfěn	N.

英文	繁體中文	简体中文	漢語拼音	詞性
water heater	熱水器	热水器	rèshuǐqì	N.
bucket	水桶	水桶	shuǐtǒng	N.
mop	拖把	拖把	tuōbǎ	N.
broom	掃把	扫把	sàobǎ	N.
dustpan	畚箕	畚箕	běnjī	N.
brush	刷子	刷子	shuāzi	N.
rag	抹布	抹布	mǒbù	N.
garbage	垃圾	垃圾	lèsè	N.

補 充 生 詞
bǔchōng shēngcí
Additional Vocabulary

英文	繁體中文	简体中文	漢語拼音	詞性
clean	清潔	清洁	qīngjié	Adj.
sweep	打掃	打扫	dǎsǎo	V.
sweep the floor	掃地	扫地	sǎodì	V.O.
hygiene	衛生	卫生	wèishēng	N.

1. 洗完澡，請用這條毛巾把身體擦乾。
xǐ wán zǎo qǐng yòng zhè tiáo máojīn bǎ shēntǐ cā gān
Please use this towel to dry your body after showering.

2. 用洗面乳洗臉才乾淨。
yòng xǐmiànrǔ xǐliǎn cái gānjìng
Use the cleanser to make your face cleaner.

3. 泰國人洗完頭髮，大都不用吹風機。
Tàiguó rén xǐ wán tóufǎ dà dōu bú yòng chuīfēngjī
Most Thai do not use a hairdryer after washing their hair.

4. 小 華 每 天 上 班 前，都 會 順 便 倒 垃圾。
Xiǎohuá měitiān shàngbān qián　dōuhuì shùnbiàn dào lèsè
Xiaohua takes out the trash everyday before going to work.

5. 在 超 市 買 牙 刷 比較 便宜。
zài chāoshì mǎi yáshuā bǐjiào piányí
It's cheaper to buy toothbrushes in the supermarket.

對 話
duìhuà

Sophie：我 下 禮拜 要 去 高雄 玩，已經 訂 好 飯店 了！
　　　　wǒ xià lǐbài yào qù gāoxióng wán　yǐjīng dìng hǎo fàndiàn le

Max　：真 好！
　　　　zhēn hǎo

Sophie：可是 那 間 飯店 提倡 環保，所以 只有 提供
　　　　kěshì nà jiān fàndiàn tíchàng huánbǎo suǒyǐ zhǐyǒu tígōng

　　　　衛生紙　和 吹風機，其他 的 都 沒有。
　　　　wèishēngzhǐ hé chuīfēngjī　qítā de dōu méiyǒu

Max　：什麼！連 沐浴乳 和 洗髮精 都 沒有？
　　　　shénme lián mùyùrǔ hé xǐfǎjīng dōu méiyǒu

Sophie：是 啊！但是 便宜 又 乾淨，所以 還 可以！
　　　　shì a　dànshì piányí yòu gānjìng　suǒyǐ hái kěyǐ

Dialogue

Sophie：I am going to Kaohsiung next week to travel. I have already booked a hotel room.

Max　：Great!

Sophie : To protect the environment, the hotel only provides tissues and a hairdryer, nothing else.

Max : What! The hotel doesn't even offer shower gel and shampoo?

Sophie : It's fine though. The hotel is cheap and clean.

人際關係篇

RELATIONSHIPS

一、家人 和 親戚
jiārén hé qīnqī
Family and Relatives

英文	繁體中文	简体中文	漢語拼音	詞性
paternal grandfather	爺爺	爷爷	yéye	N.
paternal grandmather	奶奶	奶奶	nǎinai	N.
maternal grandfather	外公	外公	wàigōng	N.
maternal grandmather	外婆	外婆	wàipó	N.
father	爸爸	爸爸	bàba	N.
mother	媽媽	妈妈	māma	N.
older brother	哥哥	哥哥	gēge	N.
older sister	姊姊	姐姐	jiějie	N.
younger brother	弟弟	弟弟	dìdi	N.
younger sister	妹妹	妹妹	mèimei	N.
son	兒子	儿子	érzi	N.
daughter	女兒	女儿	nǚér	N.
grandson	孫子	孙子	sūnzi	N.
granddaughter	孫女	孙女	sūnnǚ	N.
father's younger brother	叔叔	叔叔	shúshu	N.
father's sister	姑姑	姑姑	gūgu	N.
mother's brother	舅舅	舅舅	jiùjiu	N.
mother's sister	阿姨	阿姨	āyí	N.
male cousin on father's side	堂兄弟	堂兄弟	táng xiōngdì	N.

英文	繁體中文	简体中文	漢語拼音	詞性
female cousin on father's side	堂姊妹	堂姐妹	táng jiěmèi	N.
male cousin on mother's side	表兄弟	表兄弟	biǎo xiōngdì	N.
female cousin on mother's side	表姊妹	表姐妹	biǎo jiěmèi	N.

補 充 生 詞
bǔchōng shēngcí
Additional Vocabulary

英文	繁體中文	简体中文	漢語拼音	詞性
parents	父母	父母	fùmǔ	N.
husband and wife	夫妻	夫妻	fūqī	N.
sibling	手足	手足	shǒuzú	N.
relationship between mother-in-law and daughter-in-law	婆媳關係	婆媳关系	póxí guānxì	N.
parent-child relationship	親子關係	亲子关系	qīnzǐ guānxì	N.

1. 爺爺 去年 生 了一 場 大病。
   yéye qùnián shēng le yì chǎng dà bìng
   Grandpa got serious illness last year.

2. 堂哥 明 年 會去 澳洲 打工 遊學。
   tánggē míngnián huì qù Àozhōu dǎgōng yóuxué
   My cousin will go to Australia to study abroad next year.

3. 舅舅、阿姨 和 我 們 一起 爲 外婆 慶 生 。
   jiùjiu āyí hé wǒmen yìqǐ wèi wàipó qìngshēng
   My aunt and uncle celebrated my grandma's birthday with us.

4. 每 年 過 年 ，兄弟姊妹 都 會 回 老家。
měinián guònián   xiōngdìjiěmèi dōu huì huí lǎojiā
Every Chinese New Year all of the siblings will go back to their hometown.

5. 外 公 有 四 個 孫子 和 三 個 孫女。
wàigōng yǒu sì ge sūnzi hé sān ge sūnnǚ
Grandpa has four grandsons and three granddaughters.

對話
duìhuà

小陽　：下 個 月 就是 農曆 新年 了，妳 有 什麼 打算
Xiǎoyáng　xià ge yuè jiùshì nónglì xīnnián le　nǐ yǒu shénme dǎsuàn

呢？
ne

Sophie　：我 想 回 美國 看 家人，你 呢？
wǒ xiǎng huí Měiguó kàn jiārén　nǐ ne

小陽　：我 會 和 家人 一起 吃 年夜飯。
Xiǎoyáng　wǒ huì hé jiārén yìqǐ chī niányèfàn

Sophie　：在 美國 ， 聖誕節 假期 時，我們 也 和 家人 一起吃
zài Měiguó　Shèngdànjié jiàqí shí wǒmen yě hé jiārén yìqǐ chī

飯，彼此 分享 一 整 年 的 生活 。
fàn　bǐcǐ fēnxiǎng yì zhěng nián de shēnghuó

Dialogue

Xiǎoyáng : Chinese New Year is next month. What are your plans?

Sophie　: I'd like to go back to the U.S. to see my family. How about you?

Xiǎoyáng : I will have New Year's Eve dinner with my family.

Sophie : During Christmas we also have supper together as a family.

二、對應關係
duìyìng guānxì
Relationships

英文	繁體中文	简体中文	漢語拼音	詞性
family	家人	家人	jiārén	N.
playmate	玩伴	玩伴	wánbàn	N.
friend	朋友	朋友	péngyǒu	N.
confidant	知己	知己	zhījǐ	N.
partner	夥伴	夥伴	huǒbàn	N.
lover	伴侶	伴侶	bànlǚ	N.
boyfriend/ girlfriend	男／女朋友	男／女朋友	nán / nǔpéngyǒu	N.
Mr.	先生	先生	xiānsheng	N.
Miss	太太	太太	tàitai	N.
colleague	同事	同事	tóngshì	N.
boss	老闆	老板	lǎobǎn	N.
employee	員工	员工	yuángōng	N.
chairman of the board	董事長	董事长	dǒngshìzhǎng	N.
general manager	總經理	总经理	zǒngjīnglǐ	N.
associate	協理	协理	xiélǐ	N.
leader	組長	组长	zǔzhǎng	N.
principal	校長	校长	xiàozhǎng	N.
dean	院長	院长	yuànzhǎng	N.
department head	系主任	系主任	xìzhǔrèn	N.
assistant	助理	助理	zhùlǐ	N.

英文	繁體中文	简体中文	漢語拼音	詞性
classmate	同學	同学	tóngxué	N.
roommate	室友	室友	shìyǒu	N.
landlord	房東	房东	fángdōng	N.
tenant	房客	房客	fángkè	N.
pen pal	筆友	笔友	bǐyǒu	N.
internet friend	網友	网友	wǎngyǒu	N.
teammate	隊友	队友	duìyǒu	N.
opponent	競爭對手	竞争对手	jìngzhēng duìshǒu	N.
neighbor	鄰居	邻居	línjū	N.
passerby	路人	路人	lùrén	N.
stranger	陌生人	陌生人	mòshēngrén	N.

補充生詞
bǔchōng shēngcí
Additional Vocabulary

英文	繁體中文	简体中文	漢語拼音	詞性
elder member of a family; elder	長輩	长辈	zhǎngbèi	N.
persons of the same generation	平輩	平辈	píngbèi	N.
gounge generation; one's juniors	晚輩	晚辈	wǎnbèi	N.

1. 有 家人 的 陪伴 最 幸福 了。

   yǒu jiārén de péibàn zuì xìngfú le

   It's the most happiest thing that your family accompanyies you.

2. 鄰居 昨天 送 我 一 盒 水 果 。
   línjū zuótiān sòng wǒ yì hé shuǐguǒ
   My neighbor sent me a box of fruits yesterday.

3. 籃球 隊 的 隊友 們 每天 打球 。
   lánqiú duì de duìyǒu men měitiān dǎ qiú
   My basketball teammates play basketball everyday.

4. 剛 剛 有個 陌 生 人 來 按我家的 電 鈴 。
   gānggāng yǒu ge mòshēng rén lái àn wǒ jiā de diànlíng
   A stranger has just ringed my doorbell.

5. 我 和 網 友 明 天 要 在 學 校 見 面 。
   wǒ hé wǎngyǒu míngtiān yào zài xuéxiào jiànmiàn
   I am going to meet my Internet friend tomorrow at school.

對 話
duìhuà

Sophie：這 是 我 在 美國 的 朋友 ，她 叫 Lucy。
zhè shì wǒ zài Měiguó de péngyǒu tā jiào

Lucy ：你 好 !
nǐ hǎo

Max ：妳 好，我 叫 Max。是 Sophie在 臺灣 的 朋友，
nǐ hǎo wǒ jiào shì zài Táiwān de péngyǒu

也 是 她 中文 課 的 同學 。
yě shì tā zhōngwén kè de tóngxué

Dialogue

Sophie : This is my American friend. Her name is Lucy.

Lucy : Hello!

Max : Hello, I'm Max. I'm one of Sophie's friend here in Taiwan.
I am also Sophie's Chinese language classmate.

三、職業
zhíyè
Occupations

英文	繁體中文	简体中文	漢語拼音	詞性
doctor	醫生	医生	yīshēng	N.
nurse	護理師 / 護士	护理师 / 护士	hùlǐshī / hùshì	N.
teacher	老師	老师	lǎoshī	N.
student	學生	学生	xuéshēng	N.
writer	作家	作家	zuòjiā	N.
driver	司機	司机	sījī	N.
cook	廚師	厨师	chúshī	N.
barber	理髮師	理发师	lǐfǎshī	N.
tailor	裁縫師	裁缝师	cáiféngshī	N.
architect	建築師	建筑师	jiànzhúshī	N.
eningeer	工程師	工程师	gōngchéngshī	N.
salesperson	銷售員	销售员	xiāoshòuyuán	N.
post officer	郵差	邮差	yóuchāi	N.
firefighter	消防員	消防员	xiāofángyuán	N.
police	警察	警察	jǐngchá	N.
civil servant	公務員	公务员	gōngwùyuán	N.
pilot	飛行員	飞行员	fēixíngyuán	N.
tourist guide	導遊	导游	dǎoyóu	N.
flight attendant	空服員	空服员	kōngfúyuán	N.
reporter	記者	记者	jìzhě	N.
assistant	助理	助理	zhùlǐ	N.
accountant	會計師	会计师	kuàijìshī	N.

英文	繁體中文	简体中文	漢語拼音	詞性
lawer	律師	律师	lǜshī	N.
housekeeper	管家	管家	guǎnjiā	N.
solider	軍人	军人	jūnrén	N.
fishermen	漁夫	渔夫	yúfū	N.
farmer	農夫	农夫	nóngfū	N.
painter	畫家	画家	huàjiā	N.
designer	設計師	设计师	shèjìshī	N.
photographer	攝影師	摄影家	shèyǐngshī	N.
actor	演員	演员	yǎnyuán	N.
singer	歌手	歌手	gēshǒu	N.
host	主持人	主持人	zhǔchírén	N.

補 充 生 詞
bǔchōng shēngcí
Additional Vocabulary

英文	繁體中文	简体中文	漢語拼音	詞性
work	工作	工作	gōngzuò	N.
career	事業	事业	shìyè	N.
position	職位	职位	zhíwèi	N.
responsibility	責任	责任	zérèn	N.
retire	退休	退休	tuìxiū	V.

1. 他 希 望 未 來 能 當 一 位 警 察 。
   tā xīwàng wèilái néng dāng yí wèi jǐngchá
   He would like to be a police officer in the future.

2. 學生 交 作業 給 老師。
xuéshēng jiāo zuòyè gěi lǎoshī
Students turn in their homework to the teacher.

3. 當 導遊 眞 好，因爲 可以 四處 去 玩。
dāng dǎoyóu zhēn hǎo yīnwèi kěyǐ sìchù qù wán
Being a tour guide is great because you can travel everywhere.

4. 臺 上 的 主持人 講 話 很 有趣。
tái shàng de zhǔchírén jiǎnghuà hěn yǒuqù
The host talking on the stage is very funny.

5. 這 位 新 演 員 得 獎 了。
zhè wèi xīn yǎnyuán dé jiǎng le
This new actor has won the award.

對話
duìhuà

Sophie：你 畢業 之後 想 當 什麼 呢？
nǐ bìyè zhīhòu xiǎng dāng shénme ne

Denny：我 想 當 老師 或 作家，妳 呢？
wǒ xiǎng dāng lǎoshī huò zuòjiā nǐ ne

Sophie：我 希望 回 美國 當 廚師，因為 我 喜歡 做菜。
wǒ xīwàng huí Měiguó dāng chúshī yīnwèi wǒ xǐhuān zuòcài

Denny：那 我們 都 要 好好 努力 了！
nà wǒmen dōu yào hǎohǎo nǔlì le

Dialogue

Sophie：What would you like to be after you graduate?

Denny : I would like to be a teacher or a writer, how about you?

Sophie : I hope I can return to the U.S. and become a chef, as I like cooking.

Denny : Then we both must work hard!

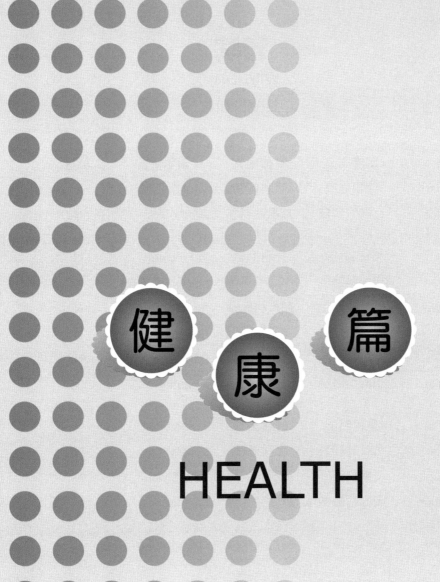

健康篇

HEALTH

一、醫院
yīyuàn
Hospital

英文	繁體中文	简体中文	漢語拼音	詞性
optometrist	眼科醫師	眼科医师	yǎnkē yīshī	N.
ENT doctor	耳鼻喉科醫師	耳鼻喉科医师	ěrbíhóukē yīshī	N.
dentist	牙科醫師	牙科医师	yákē yīshī	N.
pediatrician	小兒科醫師	小儿科医师	xiǎoérkē yīshī	N.
obstetrician	婦產科醫師	妇产科医师	fùchǎnkē yīshī	N.
physician	內科醫師	内科医师	nèikē yīshī	N.
urologist	泌尿科醫師	泌尿科医师	mìniàokē yīshī	N.
cardiologist	心臟科醫師	心脏科医师	xīnzàngkē yīshī	N.
surgeon	外科醫師	外科医师	wàikē yīshī	N.
orthopedist	骨科醫師	骨科医师	gǔkē yīshī	N.
dermatologist	皮膚科醫師	皮肤科医师	pífūkē yīshī	N.
rehabilitation physician	復健科醫師	复健科医师	fùjiànkē yīshī	N.
gastrologist	腸胃科醫師	肠胃科医师	chángwèikē yīshī	N.
oncologist	腫瘤科醫師	肿瘤科医师	zhǒngliúkē yīshī	N.
neurologist	腦神經科醫師	脑神经科医师	nǎoshénjīngkē yīshī	N.
psychiatrist	精神科醫師	精神科医师	jīngshénkē yīshī	N.
nurse specialist	護理師	护理师	hùlǐshī	N.

英文	繁體中文	简体中文	漢語拼音	詞性
patient	病人	病人	bìngrén	N.
ward	病房	病房	bìngfáng	N.
ICU	加護病房	加护病房	jiāhùbìngfáng	N.
emergency room	急診室	急诊室	jízhěnshì	N.
waiting room	候診室	候诊室	hòuzhěnshì	N.
reception	掛號處	挂号处	guàhàochù	N.
pharmacy	藥房	药房	yàofáng	N.

補 充 生 詞
bǔchōng shēngcí
Additional Vocabulary

英文	繁體中文	简体中文	漢語拼音	詞性
ambulance	救護車	救护车	Jiùhù chē	N.
stretcher	擔架	担架	dānjià	N.
walking stick; cane	拐杖	拐杖	guǎizhàng	N.
wheelchair	輪椅	轮椅	lúnyǐ	N.

1. 護理師 正 在 和 醫 生 討論 事 情。

    hùlǐshī zhèngzài hé yīshēng tǎolùn shìqíng

    The nurse specialist is discussing something with the doctor.

2. 這 層 樓 有 三 十 幾 間 病 房。

    zhè céng lóu yǒu sānshí jǐ jiān bìngfáng

    There are more than thirty rooms on this floor.

3. 我 太太 去 對 面 的 藥局 買 藥。

    wǒ tàitai qù duìmiàn de yàojú mǎi yào

    My wife went to the pharmacy across the street to buy medicine.

4. 外 公 昨天 晚 上 住進 加護病房。
wàigōng zuótiān wǎnshàng zhù jìn jiāhùbìngfáng
Grandpa was hospitalized in ICU last night.

5. 今天 早 上 一 位 病 人 被 送 進 急診室。
Jīntiān zǎoshàng yí wèi bìngrén bèi sòngjìn jízhěnshì
A patient was sent to emergency room this morning.

對 話
duìhuà

Sophie：你 最近 看 起來 不 太 好。
　　　　nǐ zuìjìn kàn qǐlái bú tài hǎo

Denny：對啊，我 的 外公 住 院 一 個 多 月 了，不過
　　　　duì a　wǒ de wàigōng zhù yuàn yí ge duō yuè le　búguò

　　　　明天 就可以 出 院 了！
　　　　míngtiān jiù kěyǐ chū yuàn le

Sophie：太 好 了！恭喜 他 要 出 院 了！這 樣 你 就 能
　　　　tài hǎo le　gōngxǐ tā yào chū yuàn le　zhè yàng nǐ jiù néng

　　　　好好 休息 了。
　　　　hǎohǎo xiūxí le

Dialogue

Sophie : You haven't been looking well recently.

Denny : Yeah, my grandpa has been in hospital for over a month, but he is going to be discharged tomorrow.

Sophie : That's great! Congratulations for his discharge. Finally you can take a rest!

二、身體 內部
shēntǐ nèibù

Internal Part of Body

英文	繁體中文	简体中文	漢語拼音	詞性
brain	大腦	大脑	dànǎo	N.
cerebellum	小腦	小脑	xiǎonǎo	N.
trachea	氣管	气管	qìguǎn	N.
esophagus	食道	食道	shídào	N.
heart	心臟	心脏	xīnzàng	N.
liver	肝臟	肝脏	gānzàng	N.
spleen	脾臟	脾脏	pízàng	N.
lung	肺臟	肺脏	fèizàng	N.
kidney	腎臟	肾脏	shènzàng	N.
stomach	腸胃	肠胃	chángwèi	N.
bladder	膀胱	膀胱	pángguāng	N.
bone	骨頭	骨头	gǔtou	N.
blood	血	血	xiě	N.
blood vessels	血管	血管	xiěguǎn	N.
artery	動脈	动脉	dòngmài	N.
vein	靜脈	静脉	jìngmài	N.
muscle	肌肉	肌肉	jīròu	N.
fat	脂肪	脂肪	zhīfáng	N.
hormones	荷爾蒙	荷尔蒙	héěrméng	N.
nervous system	神經系統	神经系统	shénjīng xìtǒng	N.
immune system	免疫系統	免疫系统	miǎnyì xìtǒng	N.

英文	繁體中文	简体中文	漢語拼音	詞性
digestive system	消化系統	消化系统	xiāohuà xìtǒng	N.
excretory system	排泄系統	排泄系统	páixiè xìtǒng	N.
urinary system	泌尿系統	泌尿系统	mìniào xìtǒng	N.

補充生詞
bǔchōng shēngcí
Additional Vocabulary

英文	繁體中文	简体中文	漢語拼音	詞性
draw blood	抽血	抽血	chōuxiě	V.
transfuse blood	輸血	输血	shūxiě	V.
operate	開刀	开刀	kāidāo	V.
internal organs	內臟	内脏	nàzàng	N.
organ	器官	器官	qìguān	N.

1. 她不小心跌倒，流了很多血。

tā bù xiǎo xīn diédǎo liú le hěn duō xiě

She fell down accidentally and started bleeding badly.

2. 上 健身房可以鍛鍊肌肉。

shàng jiànshēnfáng kěyǐ duànliàn jīròu

You can build muscle at the gym.

3. 抽菸 傷害肺臟。

chōuyān shānghài fèizàng

Smoking is harmful to the lungs.

4. 他的骨頭因爲車禍 斷 了。

tā de gǔtou yīnwèi chēhuò duàn le

He broke his bones in a car accident.

5. 我 只要 壓力 一大，消 化 系統 就 會 不 舒服。
　　wǒ zhǐyào yālì yí dà　xiāohuà xìtǒng jiù huì bù shūfú

When I am under a lot of stress, my digestive system starts acting up.

對話
duìhuà

Denny：妳 的 家人 最近 好 嗎？
　　　　nǐ de jiārén zuìjìn hǎo ma

Sophie：我 爸爸 因為 肺病　上 禮拜 住 進 醫院。
　　　　wǒ bàba yīnwèi fèibìng shàng lǐbài zhù jìn yīyuàn

Denny：希望 他 早 點 康復，能 一直 健健　康康　的！
　　　　xīwàng tā zǎo diǎn kāngfù　néng yìzhí jiànjiàn kāngkāng de

Dialogue

Denny　: How has your family been recently?

Sophie : My dad was hospitalized last week for a respiratory disease.

Denny　: I hope he will get better soon and stays well.

三、受傷、 症狀 和疾病
shòushāng zhèngzhuàng hé jíbìng
Injury, Symptoms and Illnesses

英文	繁體中文	简体中文	漢語拼音	詞性
infectious disease	傳染病	传染病	chuánrǎnbìng	N.
to catch a cold	感冒	感冒	gǎnmào	V.
to have a fever	發燒	发烧	fāshāo	V.
to cough	咳嗽	咳嗽	késòu	V.
to have a runny nose	流鼻涕	流鼻涕	liúbítì	V.
to sneeze	打噴嚏	打喷嚏	dǎpēntì	V.
to have a headache	頭痛	头痛	tóutòng	V.
to feel dizzy	頭暈	头晕	tóuyūn	V.
to have a stuffy nose	鼻塞	鼻塞	bísāi	V.
to have a sore throat	喉嚨痛	喉咙痛	hóulóngtòng	V.
constipation	便祕	便秘	biànmì	V.
to have a diarrhea	腹瀉	腹泻	fùxiè	V.
to be allergic	過敏	过敏	guòmǐn	V.
to vomit	嘔吐	呕吐	ǒutù	V.
chicken pox	水痘	水痘	shuǐdòu	V.
rash	疹子	疹子	zhěnzi	V.
to have a stomach	胃痛	胃痛	wèitòng	V.
to have heatstroke	中暑	中暑	zhòngshǔ	V.
menstrual cramps	生理痛	生理痛	shēnglǐtòng	N.

英文	繁體中文	简体中文	漢語拼音	詞性
tuberculosis	肺結核	肺结核	fèijiéhé	N.
acne	青春痘	青春痘	qīngchūndòu	N.
AIDS	愛滋病	爱滋病	àizībìng	N.
rabies	狂犬病	狂犬病	kuángquǎnbìng	N.
athlete's foot	香港腳	香港脚	xiānggǎngjiǎo	N.
chronic	慢性病	慢性病	mànxìngbìng	N.
bruise	瘀青	瘀青	yūqīng	N.
fracture	骨折	骨折	gǔzhé	N.
burn	燒傷	烧伤	shāoshāng	N.
scald	燙傷	烫伤	tàngshāng	N.
heart attack	心臟病	心脏病	xīnzàngbìng	N.
high blood pressure	高血壓	高血压	gāoxiěyā	N.
diabetes	糖尿病	糖尿病	tángniàobìng	N.
stroke	中風	中风	zhòngfēng	N.
body edema	水腫	水肿	shuǐzhǒng	N.
kidney stones	腎結石	肾结石	shènjiéshí	N.
cancer	癌症	癌症	áizhèng	N.
dark circle	黑眼圈	黑眼圈	hēiyǎnquān	N.
nearsightedness/ farsightedness	近視／遠視	近视／远视	Jìnshì / yuǎnshì	N.
cataract	白內障	白内障	báinèizhàng	N.
glaucoma	青光眼	青光眼	qīngguāngyǎn	N.
asthma	氣喘	气喘	qìchuǎn	N.
mental illness	精神病	精神病	jīngshénbìng	N.
depression	憂鬱症	忧郁症	yōuyùzhèng	N.
autism	自閉症	自闭症	zìbìzhèng	N.
dementia	失智症	失智症	shīzhìzhèng	N.

英文	繁體中文	简体中文	漢語拼音	詞性
insomnia	失眠	失眠	shīmián	N.
sudden death	猝死	猝死	cùsǐ	N.

補充生詞
bǔchōng shēngcí
Additional Vocabulary

英文	繁體中文	简体中文	漢語拼音	詞性
fall ill	生病	生病	shēngbìng	V.
give an injection	打針	打针	dǎzhēn	V.
take medicine	吃藥	吃药	chīyào	V.
take a rest	休息	休息	xiūxí	V.

1. 弟弟 發燒 所以 沒去 上 學。
   dìdi fāshāo suǒyǐ méi qù shàng xué
   My younger brother has a fever, so he didn't go to school.

2. 爺爺 有 心臟病。
   yéye yǒu xīnzàngbìng
   My grandpa had a heart attack.

3. 她 很 害怕 有 黑眼圈。
   tā hěn hàipà yǒu hēiyǎnquān
   She is terrified of having dark circle.

4. 我 昨天 不 小 心 撞 到 桌子，膝蓋 瘀青 了。
   wǒ zuótiān bù xiǎo xīn zhuàng dào zhuōzi xīgài yūqīng le
   I accidentally bumped into a desk yesterday, leaving a bruise.

5. 看 書 一 小 時 就 應該 休息，否則 容易 近視。
   kàn shū yì xiǎoshí jiù yīnggāi xiūxí fǒuzé róngyì jìnshì
   You should take a break after reading for one hour, otherwise your eyesight will get bad.

對話
duìhuà

小張 ：妳 在 看 什麼 書？
Xiǎozhāng　nǐ zài kàn shénme shū

Sophie ：我 在 看 一 本 科幻 小說 。 眼睛 已經 不 舒服
wǒ zài kàn yì běn kēhuàn xiǎoshuō　yǎnjīng yǐjīng bù shūfú

好 幾 天 了。
hǎo jǐ tiān le

小張 ：多 休息 或是 看 醫生 吧！
Xiǎozhāng　duō xiūxí huòshì kàn yīshēng ba

Dialogue

Xiǎozhāng : What books are you reading?

Sophie ： I am reading a Science Fiction book. My eyes haven't felt right for the past few days.

Xiǎozhāng : Take more rest or go see a doctor!

學校教育篇

SCHOOL AND EDUCATION

一、教育
jiàoyù
Education

英文	繁體中文	简体中文	漢語拼音	詞性
school	學校	学校	xuéxiào	N.
teacher	老師	老师	lǎoshī	N.
professor	教授	教授	jiàoshòu	N.
student	學生	学生	xuéshēng	N.
kindergarten	幼稚園	幼稚园	yòuzhìyuán	N.
elementary school	國小	国小	guóxiǎo	N.
junior high school	國中	国中	guózhōng	N.
senior high school	高中	高中	gāozhōng	N.
university	大學	大学	dàxué	N.
master's degree	碩士	硕士	shuòshì	N.
PhD	博士	博士	bóshì	N.
department	科系	科系	kēxì	N.
major	主修	主修	zhǔxiū	N.
minor	副修	副修	fùxiū	N.
semester	學期	学期	xuéqí	N.
course	課程	课程	kèchéng	N.
test	考試	考试	kǎoshì	N.
score	分數	分数	fēnshù	N.
scholarship	獎學金	奖学金	jiǎngxuéjīn	N.
subject	科目	科目	kēmù	N.
mathematics	數學	数学	shùxué	N.
physics	物理	物理	wùlǐ	N.
chemistry	化學	化学	huàxué	N.

英文	繁體中文	简体中文	漢語拼音	詞性
history	歷史	历史	lìshǐ	N.
geography	地理	地理	dìlǐ	N.
biology	生物	生物	shēngwù	N.
art	美術	美术	měishù	N.
music	音樂	音乐	yīnyuè	N.
physical education	體育	体育	tǐyù	N.

補充生詞
bǔchōng shēngcí
Additional Vocabulary

英文	繁體中文	简体中文	漢語拼音	詞性
graduate	畢業	毕业	bìyè	V.
study	念書	念书	niànshū	V.
study abroad	留學	留学	liúxué	V.
oral presentation	口頭報告	口头报告	kǒutóu bàogào	N.
group discussion	小組討論	小组讨论	xiǎozǔ tǎolùn	N.
club activity	社團活動	社团活动	shètuán huódòng	N.

1. 楊老師是中國文學系教授。
   Yáng lǎoshī shì zhōngguó wénxué xì jiàoshòu
   Teacher Yang is a professor in the Department of Chinese Literature.

2. Denny 是中文系的學生。
   shì zhōngwén xì de xuéshēng
   Denny is a student in the Department of Chinese Literature.

3. Max 多年前在澳洲念高中。
   duō nián qián zài Àozhōu niàn gāozhōng
   Max studied senior high school in Australia several years ago.

4. Sophie 得 到 一 筆 獎 學 金 。
   dé dào yì bǐ jiǎngxuéjīn
   Sophie won a scholarship.

5. 小 張 的 數 學 分 數 是 全 班 最 高 的 。
   Xiǎozhāng de shùxué fēnshù shì quán bān zuì gāo de
   Xiaozhang's Math score is the highest in his class.

對 話
duìhuà

Sophie ： 楊 老師，這 是 我 的 新 朋友 。
Yáng lǎosh　 zhè shì wǒ de xīn péngyǒu

楊 老師：你 好！
Yáng lǎosh　 nǐ hǎo

Denny ：您 好，我 是 Denny。上 禮拜 剛 到 臺灣，我 來
nín hǎo　wǒ shì　　　shàng lǐbài gāng dào Táiwān wǒ lái

念 中文 碩士 。
niàn zhōngwén shuòshì

Sophie ： 楊 老師 是 中文 老師，你 有 問題 都 可以
Yáng lǎoshī shì zhōngwén lǎoshī　 nǐ yǒu wèntí dōu kěyǐ

問 她。
wèn tā

楊 老師：Denny， 歡迎 來 臺灣，以後 有 什麼 問題
Yáng lǎosh　　　huānyíng lái Táiwān　yǐhòu yǒu shénme wèntí

隨時 來 找 我。
suíshí lái zhǎo wǒ

Denny ：謝謝 老師，就 請 您 多多 指教 了。
xièxie lǎoshī　 jiù qǐng nín duōduō zhǐjiào le

Dialogue

Sophie : Teacher Yang, this is my new friend.

Yáng lǎoshī : Hello!

Denny : Hello, I'm Denny. I came to Taiwan just last week and I am here to study my master degree in Chinese.

Sophie : Teacher Yang is a Chinese teacher; if you have any questions just ask her.

Yáng lǎoshī : Welcome to Taiwan. If you have any questions feel free to contact me anytime.

Denny : Thank you. I am looking forward to asking for your advice.

二、教室和校園
jiāoshì hé xiàoyuán
Classroom and Campus

英文	繁體中文	简体中文	漢語拼音	詞性
microphone	麥克風	麦克风	màikèfēng	N.
projector	投影機	投影机	tóuyǐngjī	N.
computer	電腦	电脑	diànnǎo	N.
podium; lectern	講桌	讲桌	jiǎngzhuō	N.
whiteboard	白板	白板	báibǎn	N.
blackboard	黑板	黑板	hēibǎn	N.
chalk	粉筆	粉笔	fěnbǐ	N.
eraser	板擦	板擦	bǎncā	N.
desk	桌子	桌子	zhuōzi	N.
chair	椅子	椅子	yǐzi	N.
drawer	抽屜	抽屉	chōutì	N.
textbook	課本	课本	kèběn	N.
bag	書包	书包	shūbāo	N.
corridor, hallway	走廊	走廊	zǒuláng	N.
locker	置物櫃	置物柜	zhìwùguì	N.
bulletin board	布告欄	布告栏	bùgàolán	N.
restroom	洗手間	洗手间	xǐshǒujiān	N.
dormitory	宿舍	宿舍	sùshè	N.
school gate	校門	校门	xiàomén	N.
playground	操場	操场	cāochǎng	N.
principle's office	校長室	校长室	xiàozhǎng shì	N.
office	辦公室	办公室	bàngōngshì	N.
nurse's office	保健室	保健室	bǎojiànshì	N.

06-02

英文	繁體中文	简体中文	漢語拼音	詞性
guidance counselor's office	輔導室	辅导室	fǔdǎoshì	N.
library	圖書館	图书馆	túshūguǎn	N.
lab	實驗室	实验室	shíyànshì	N.
swimming pool	游泳池	游泳池	yóuyǒngchí	N.
assembly hall; auditorium	禮堂	礼堂	lǐtáng	N.
cafeteria	自助餐廳	自助餐厅	zìzhù cāntīng	N.

補充生詞
bǔchōng shēngcí
Additional Vocabulary

英文	繁體中文	简体中文	漢語拼音	詞性
attend the class	上課	上课	shàngkè	V.
finish the class	下課	下课	xiàkè	V.
concentrate one's attention; focus	專心	专心	zhuānxīn	V.
divert one's attention	分心	分心	fēnxīn	V.
after school	放學	放学	fàngxué	V.
go to school	上學	上学	shàngxué	V.

1. 老師在黑板上寫字。
lǎoshī zài hēibǎn shàng xiě zì
The teacher writes characters on the blackboard.

2. 同學們在操場跑步。
tóngxué men zài cāochǎng pǎobù
The students run on the sport fields.

3. 小明在圖書館念書。
Xiǎomíng zài túshūguǎn niàn shū
Xiǎomíng studys in the library.

二、教室和校園 jiàoshì hé xiàoyuán

97

4. 這 間 教室 有 麥克風 和 投影機，但是 沒有 電腦。
zhè jiān jiàoshì yǒu màikèfēng hé tóuyǐngjī dànshì méiyǒu diànnǎo
There is a microphone and a projector in this classroom, but no computers.

5. 我 們 學 校 的宿舍 有 點 老舊 了。
wǒmen xuéxiào de sùshè yǒu diǎn lǎojiù le
Our school's dormitories are a little old.

對話 duìhuà

Sophie：Max，下課 一起 去 跑步 吧！
xiàkè yìqǐ qù pǎobù ba

Max ：可以呀！跑 完 再去 圖書館 念 書 怎麼樣 ？
kěyǐ ya pǎo wán zài qù túshūguǎn niàn shū zěnmeyàng

Sophie：沒 問題！運動 後 更 能 專心 看書。
méi wèntí yùndòng hòu gèng néng zhuānxīn kàn shū

Max ：那 我 先 回 宿舍 換 衣服，等一下 操場 見 囉！
nà wǒ xiān huí sùshè huàn yīfú děngyíxià cāochǎng jiàn luō

Dialogue

Sophie : Max, we're going to running together after class.
Max : Ok! How about studying in the library after running?
Sophie : No problem! We can better focus on studying after exercising.
Max : I will go back to my dorm to change my clothes first. I will see you later at the field!

三、電 腦 與 設 備
diànnǎo yǔ shèbèi
Computers and Accessories

英文	繁體中文	简体中文	漢語拼音	詞性
desktop computer	桌上型電腦	桌上型电脑	zhuōshàngxíng diànnǎo	N.
laptop	筆記型電腦	笔记型电脑	bǐjìxíng diànnǎo	N.
tablet pc	平板電腦	平板电脑	píngbǎn diànnǎo	N.
printer	印表機	印表机	yìnbiǎojī	N.
projector	投影機	投影机	tóuyǐngjī	N.
multi-function printer	多功能事務機	多功能事务机	duōgōngnéng shìwùjī	N.
headphone	耳機	耳机	ěrjī	N.
internet	網路	网路	wǎnglù	N.
memory	記憶體	记忆体	jìyìtǐ	N.
hard disk	硬碟	硬碟	yìngdié	N.
screen	螢幕	萤幕	yíngmù	N.
mouse	滑鼠	滑鼠	huáshǔ	N.
keyboard	鍵盤	键盘	jiànpán	N.
flash drive	隨身碟	随身碟	suíshēndié	N.
compact disc (CD)	光碟	光碟	guāngdié	N.
CD-ROM	光碟機	光碟机	guāngdiéjī	N.
speaker	喇叭	喇叭	lǎba	N.
website	網站	网站	wǎngzhàn	N.
e-mail box	電子信箱	电子信箱	diànzǐxìnxiāng	N.
virus	病毒	病毒	bìngdú	N.
application	應用程式	应用程式	yìngyòngchéngshì	N.

英文	繁體中文	简体中文	漢語拼音	詞性
software	軟體	软体	ruǎntǐ	N.
hardware	硬體	硬体	yìngtǐ	N.
device	裝置	装置	zhuāngzhì	N.
mobile phone	手機	手机	shǒujī	N.
camera	相機	相机	xiàngjī	N.

補 充 生 詞
bǔchōng shēngcí
Additional Vocabulary

英文	繁體中文	简体中文	漢語拼音	詞性
to upload	上傳	上传	shàngchuán	V.
to download	下載	下载	xiàzǎi	V.
to search	搜尋	搜寻	sōuxún	V
to scan	掃描	扫描	sǎomiáo	V.
to print	列印	列印	lièyìn	V.

1. 幾乎 每 個 人 都 有 手機。
jīhū měi ge rén dōu yǒu shǒujī
Almost everybody has a mobile phone.

2. 筆電 可以 隨 身 攜帶，相 當 方 便。
bǐdiàn kěyǐ suíshēn xīdài xiāngdāng fāngbiàn
Laptops are quite convenient to carry around all day.

3. 辦 公 室 有 一 臺 新 的 多 功 能 事 務 機。
bàngōngshì yǒu yì tái xīn de duōgōngnéngshìwùjī
There is a new multi-function printer in the office.

4. 現 代 人 不 能 沒 有 網 路。
xiàndàirén bù néng méiyǒu wǎnglù
Modern people cannot live without the Internet.

5. MAC 發表 了 最新 的 平 板 電 腦 。
fābiǎo le zuì xīn de píngbǎndiànnǎo

MAC launched its latest tablet.

對話 duìhuà

老闆 ：印表機 怎麼 了 ？
lǎobǎn　　yìnbiǎojī zěnme le

員工 ：這 幾 天 一直 不 能 用 。我 已經 請 人 來 修理
yuángōng　zhè jǐ tiān yìzhí bù néng yòng　wǒ yǐjīng qǐng rén lái xiūlǐ

了 。
le

老闆 ：這 臺 印表機 用 了 快 十 年 了 ，買 一 臺 多
lǎobǎn　　zhè tái yìnbiǎojī yòng le kuài shí nián le　mǎi yì tái duō

功能事務機 吧 ！
gōngnéngshìwùjī ba

員工 ：太 好 了 ！謝謝 老闆 ！我 這 幾 天 就 買 ！
yuángōng　tài hǎo le　xièxie lǎobǎn　wǒ zhè jǐ tiān jiù mǎi

Dialogue

Boss 　　　: What's wrong with printer?

Employee : It has not been working for the past couple of days. I have already called the staff to fix it.

Boss 　　　: This printer has been in use for almost 10 years. Buy a multi-function printer!

Employee : Great! Thank you! I am going to purchase it in the next couple of days.

四、書本
shūběn
Books

英文	繁體中文	简体中文	漢語拼音	詞性
newspaper	報紙	报纸	bàozhǐ	N.
magazine	雜誌	杂志	zázhì	N.
periodical	期刊	期刊	qíkān	N.
novel	小說	小说	xiǎoshuō	N.
comic book	漫畫	漫画	mànhuà	N.
recipe	食譜	食谱	shípǔ	N.
map	地圖	地图	dìtú	N.
dictionary	字典	字典	zìdiǎn	N.
textbook	教科書	教科书	jiàokēshū	N.
reference book	工具書	工具书	gōngjùshū	N.
encyclopedia	百科全書	百科全书	bǎikēquánshū	N.
poetry	詩歌	诗歌	shīgē	N.
biography	傳記	传记	zhuànjì	N.
prose	散文	散文	sǎnwén	N.
fairy tale	童話	童话	tónghuà	N.
story book	故事書	故事书	gùshìshū	N.
paperback book	平裝書	平装书	píngzhuāngshū	N.
hardcover book	精裝書	精装书	jīngzhuāngshū	N.
e-book	電子書	电子书	diànzǐshū	N.
audio book	有聲書	有声书	yǒushēngshū	N.

補 充 生 詞
bǔchōng shēngcí
Additional Vocabulary

英文	繁體中文	简体中文	漢語拼音	詞性
author	作者	作者	zuòzhě	N.
reader	讀者	读者	dúzhě	N.
publishing house	出版社	出版社	chūbǎnshè	N.

1. 圖 書 館 裡 有 很 多 不 同 類別 的 百科全書。
   túshūguǎn lǐ yǒu hěn duō bù tóng lèibié de bǎikēquánshū
   There are many kinds of encyclopedia in the library.

2. 爸爸 坐 在 沙發 上 看 報紙。
   bàba zuò zài shāfā shàng kàn bàozhǐ
   Dad reads the newpaper on the sofa.

3. 弟弟 最 喜歡 看 漫畫 了。
   dìdì zuì xǐhuān kàn mànhuà le
   My younger brother likes reading comic books the most.

4. 去 旅行 時，我 習慣 拿 著 地圖 問 路。
   qù lǚxíng shí wǒ xíguàn ná zhe dìtú wèn lù
   When I go travelling, I am used to taking the map and asking for directions.

5. 阿姨 喜歡 一邊 看 食譜 一邊 學 做 菜。
   āyí xǐhuān yìbiān kàn shípǔ yìbiān xué zuò cài
   My aunt likes to read recipes and learn how to cook at the same time.

對 話
duìhuà

小陽 ：我 想 在 網路 書店 買書，妳 需要 什麼 書
Xiǎoyáng wǒ xiǎng zài wǎnglù shūdiàn mǎi shū nǐ xūyào shénme shū

嗎？要 不 要 一起 買？
ma　yào bú yào　yìqǐ　mǎi

Sophie：好 啊！我 想 買 食譜 和 小說 。我們 一起 買
hǎo a　wǒ xiǎng mǎi shípǔ hé xiǎoshuō　wǒmen yìqǐ　mǎi

還 能 省 運費！
hái néng shěng yùnfèi

小陽：那 就 快 跟 我 說 妳 想 買 哪一 本 書 吧！
Xiǎoyáng　nà jiù kuài gēn wǒ shuō nǐ xiǎng mǎi nǎ yì běn shū ba

Dialogue

Xiǎoyáng : I would like to buy a book at the online bookstore. Do you need any books? Would you like to purchase books together?

Sophie　 : Alright! I would like to buy a recipe book and a novel. If we buy it together we could save the shipping fee.

Xiǎoyáng : Then...tell me which books you would like to buy.

五、文具
wénjù
Stationery

英文	繁體中文	简体中文	漢語拼音	詞性
pen	筆	笔	bǐ	N.
eraser	橡皮擦	橡皮擦	xiàngpícā	N.
ruler	尺	尺	chǐ	N.
protractor	量角器	量角器	liángjiǎoqì	N.
paper	紙	纸	zhǐ	N.
white out	立可白	立可白	lìkěbái	N.
correction tape	立可帶	立可带	lìkědài	N.
paint palette	調色盤	调色盘	tiáosèpán	N.
paint	顏料	颜料	yánliào	N.
ink	墨水	墨水	mòshuǐ	N.
scissor	剪刀	剪刀	jiǎndāo	N.
box cutter	美工刀	美工刀	měigōngdāo	N.
tape	膠帶	胶带	jiāodài	N.
glue	膠水	胶水	jiāoshuǐ	N.
paper clip	迴紋針	回纹针	huíwénzhēn	N.
stapler	釘書機	钉书机	dìngshūjī	N.
compass	圓規	圆规	yuánguī	N.
folder	文件夾	文件夹	wénjiànjiá	N.
envelope	信封	信封	xìnfēng	N.
notebook	筆記本	笔记本	bǐjìběn	N.
post-it	便條紙	便条纸	biàntiáozhǐ	N.
binder paper	活頁紙	活页纸	huóyèzhǐ	N.
calendar	行事曆	行事历	xíngshìlì	N.

英文	繁體中文	简体中文	漢語拼音	詞性
stamp	印章	印章	yìnzhāng	N.
calculator	計算機	计算机	jìsuànjī	N.

補充生詞
bǔchōng shēngcí
Additional Vocabulary

英文	繁體中文	简体中文	漢語拼音	詞性
ball-point pen	原子筆	原子笔	yuán zǐ bǐ	N.
fountain pen	鋼筆	钢笔	gāngbǐ	N.
pencil	鉛筆	铅笔	qiānbǐ	N.
mechanical pencil	自動鉛筆	自动铅笔	zìdòng qiānbǐ	N.
highlighter	螢光筆	萤光笔	yíngguāngbǐ	N.
crayon	蠟筆	蜡笔	làbǐ	N.
coloer pen	彩色鉛筆	彩色铅笔	cǎisè qiānbǐ	N.
marker	麥克筆	麦克笔	màikèbǐ	N.

1. 使用剪刀要小心。

shǐyòng jiǎndāo yào xiǎoxīn

Be careful when using the scissors.

2. 我把錢放進信封袋裡。

wǒ bǎ qián fàng jìn xìnfēngdài lǐ

I placed the money in the envelope.

3. 姊姊把行事曆貼在牆上。

jiějie bǎ xíngshìlì tiē zài qiángshàng

My older sister puts the calendar on the wall.

06-05

4. 我 忘記 帶 膠 水 了，可以 借 我 嗎？
wǒ wàngjì dài jiāoshuǐ le　kěyǐ jiè wǒ ma
I forgot to bring my glue, could you lend it to me?

5. 剛 學 寫字時 用 鉛筆 比較 好。
gāng xué xiě zì shí yòng qiānbǐ bǐjiào hǎo
When learning how to write Chinese characters, it is better to use pencil.

對話
duìhuà

Sophie ：等一下 可以 陪 我 去 文具店 買 筆記本 嗎？
dǔngyíxià kěyǐ péi wǒ qù wénjùdiàn mǎi bǐjìběn ma

小張 ：好呀， 剛好 我 也 要 買 東西。
Xiǎozhāng hǎo yā gānghǎo wǒ yě yào mǎi dōngxi

（文具店裡）
wénjùdiàn lǐ

Sophie ：哇！這 邊 的 筆記本 每 一 本 都 好 特別 喔，好
wa zhè biān de bǐjìběn měi yì běn dōu hǎo tèbié wō hǎo

難 選 啊！
nán xuǎn a

（過 了 一 小時）
guò le yì xiǎoshí

小張 ：妳 選 好 了 嗎？我們 可以 去 付錢 了 嗎？
Xiǎozhāng nǐ xuǎn hǎo le ma wǒmen kěyǐ qù fùqián le ma

Sophie ：讓 你 等 太 久 了，真 是 不好意思！因為 每
ràng nǐ děng tài jiǔ le zhēn shì bùhǎoyìsi yīnwèi měi

一 本 都 太 可愛 了，所以 就 忘記 時間 了。走
yì běn dōu tài kěài le suǒyǐ jiù wàngjì shíjiān le zǒu

吧，我們 去 付錢！
ba wǒmen qù fùqián

Dialogue

Sophie   : Could you accompany me to the stationery's later to buy a notebook?

Xiǎozhāng : Okay, I also need to buy something at the stationery's.

(In the stationery)

Sophie   : Wow! Every notebook here is so special, it's so hard to choose!

(After on hour)

Xiǎozhāng : Have you made up your mind? Can we go pay now?

Sophie   : I am so sorry for keeping you waiting for so long! Every notebook is so lovely, so I lost track of time!

飲食篇

FOOD AND DRINK

一、食物
shíwù
Foods

英文	繁體中文	简体中文	漢語拼音	詞性
rice	（米）飯	（米）饭	(mǐ) fàn	N.
fried rice	炒飯	炒饭	chǎofàn	N.
congee	稀飯	稀饭	xīfàn	N.
noodle	麵	面	miàn	N.
fried noodle	炒麵	炒面	chǎomiàn	N.
dumpling	水餃	水饺	shuǐjiǎo	N.
fried dumpling	鍋貼	锅贴	guōtiē	N.
soup	湯	汤	tāng	N.
bread	麵包	面包	miànbāo	N.
beef	牛肉	牛肉	niúròu	N.
lamb	羊肉	羊肉	yángròu	N.
pork	豬肉	猪肉	zhūròu	N.
spareribs	排骨	排骨	páigǔ	N.
chicken	雞肉	鸡肉	jīròu	N.
chicken leg	雞腿	鸡腿	jītuǐ	N.
seafood	海鮮	海鲜	hǎixiān	N.
fish	魚	鱼	yú	N.
shrimp	蝦子	虾子	xiāzi	N.
crab	螃蟹	螃蟹	pángxiè	N.
egg	（雞）蛋	（鸡）蛋	(jī) dàn	N.
tofu	豆腐	豆腐	dòufǔ	N.
red bean	紅豆	红豆	hóngdòu	N.
green bean	綠豆	绿豆	lǜdòu	N.

補 充 生 詞
bǔchōng shēngcí
Additional Vocabulary

英文	繁體中文	简体中文	漢語拼音	詞性
frozen food	冷凍食品	冷冻食品	lěngdòng shípǐn	N.
canned food	罐頭食品	罐头食品	guàntou shípǐn	N.
packaged food	包裝食品	包装食品	bāozhuāng shípǐn	N.
prepared food	熟食	熟食	shóushí	N.

1. 妹妹 吃 蝦子 會 過 敏 。
   mèime chī xiāzi huì guòmǐn
   My younger sister is allergic to shrimps.

2. 把蝦、蛋和白飯 一起 炒 便 是 美味的 蝦仁蛋炒飯 。
   bǎ xiā dàn hé báifàn yìqǐ chǎo biàn shì měiwèi de xiāréndànchǎofàn
   Stir fry some shrimps, eggs and with rice together, the result will be a
   delicious shrimp fried rice!

3. 臺 灣 人 以 米飯 爲 主 食 。
   Táiwān rén yǐ mǐfàn wéi zhǔshí
   Taiwanese people use rice a staple.

4. 早 餐 吃 麵 包 很 方 便 。
   zǎocān chī miànbāo hěn fāngbiàn
   It's convenient to eat bread for breakfast.

5. 吃 素 的 人 常 吃 豆腐。
   chī sù de rén cháng chī dòufǔ
   Vegetarians usually eat tofu.

實用華語單字書

對話
duìhuà

老闆 : 好久 沒 看 到 妳 來 買 菜 了！
lǎobǎn　　hǎo jiǔ méi kàn dào nǐ lái mǎi cài le

王 太太：對 啊！最近 沒 時間 煮飯，都 吃 外面 。可是
Wáng tàitai　duì ā　　zuìjìn méi shíjiān zhǔfàn dōu chī wàimiàn　kěshì

又 擔心 外面 的 食物 不 乾淨 ，還是自己 煮
yòu dānxīn wàimiàn de shíwù bù gānjìng　háishì zìjǐ　zhǔ

最 好。
zuì hǎo

老闆 : 對 啦！ 這樣 才 好。 這邊 有 早上 才 送
lǎobǎn　duì la　zhèyàng cái hǎo　zhèbiān yǒu zǎoshàng cái sòng

到 的 海鮮。我 要 收 攤 了，妳 買 三 隻
dào de hǎixiān　wǒ yào shōu tān le　nǐ mǎi sān zhī

螃蟹 ， 這邊 全部 的 蝦子 都 送 妳！
pángxiè　zhèbiān quánbù de xiāzi dōu sòng nǐ

王 太太：真 是 太 划算 了！那 就 幫 我 把 三 隻 螃蟹
Wáng tàitai　zhēn shì tài huásuàn le　nà jiù bāng wǒ bǎ sān zhī pángxiè

都 包 起來 吧！謝謝 ！
dōu bāo qǐlái ba　xièxie

Dialogue

Owner　　　: It has been a long time since I have last seen you coming here to buy food.

Wáng tàitai : Exactly! I have had no time to cook recently, so I have been eating outside a lot. However, I worry about food safety when I eat out, it's better to cook by myself!

Owner : Right! It's better this way. I have seafood here that was delivered here just this morning. I am about to close the shop, if you buy three crabs, I will give you all the shrimps here for free.

Wáng tàitai : That's really worth it! Please pack those three crabs for me, thank you!

二、蔬菜和調味料
shūcài hé tiáowèiliào
Vegetables, Spices, and Seasonings

英文	繁體中文	简体中文	漢語拼音	詞性
corn	玉米	玉米	yùmǐ	N.
sweet potato	地瓜	地瓜	dìguā	N.
towel gourd	絲瓜	丝瓜	sīguā	N.
cucumber	黃瓜	黃瓜	huángguā	N.
potato	馬鈴薯	马铃薯	mǎlíngshǔ	N.
taro	芋頭	芋头	yùtou	N.
peanut	花生	花生	huāshēng	N.
carrot	紅蘿蔔	红萝卜	hóngluóbo	N.
cabbage	高麗菜	高丽菜	gāolìcài	N.
broccoli	花椰菜	花椰菜	huāyécài	N.
water spinach	空心菜	空心菜	kōngxīncài	N.
green pepper	青椒	青椒	qīngjiāo	N.
celery	芹菜	芹菜	qíncài	N.
tomato	番茄	番茄	fānqié	N.
eggplant	茄子	茄子	qiézi	N.
dried mushroom	香菇	香菇	xiānggū	N.
kelp	海帶	海带	hǎidài	N.
onion	洋蔥	洋葱	yángcōng	N.
green onion	蔥	葱	cōng	N.
garlic	大蒜	大蒜	dàsuàn	N.
chili	辣椒	辣椒	làjiāo	N.
ginger	薑	姜	jiāng	N.
Thai Basil	九層塔	九层塔	jiǔcéngtǎ	N.

英文	繁體中文	简体中文	漢語拼音	詞性
sugar	糖	糖	táng	N.
olive oil	橄欖油	橄榄油	gǎnlǎnyóu	N.
cooking oil	沙拉油	沙拉油	shālāyóu	N.
soy sauce	醬油	酱油	jiàngyóu	N.
rice wine	米酒	米酒	mǐjiǔ	N.
vinegar	醋	醋	cù	N.
salt	鹽巴	盐巴	yánbā	N.
monosodium glutamate(MSG)	味精	味精	wèijīng	N.
dry bonito flakes	柴魚片	柴鱼片	cháiyúpiàn	N.
pepper	胡椒	胡椒	hújiāo	N.
curry	咖哩	咖哩	kālǐ	N.
miso	味噌	味噌	wèicēng	N.
ketchup	番茄醬	番茄酱	fānqiéjiàng	N.
mustard	芥末	芥末	jièmò	N.
shacha sauce	沙茶醬	沙茶酱	shāchájiàng	N.

二、蔬菜和調味料 shūcài hé tiáowèiliào

115

補 充 生 詞
bǔchōng shēngcí
Additional Vocabulary

英文	繁體中文	简体中文	漢語拼音	詞性
orgainic	有機的	有机的	yǒujī de	Adj.
healthy	健康的	健康的	jiànkāng de	Adj.
regimen	養生	养生	yǎngshēng	N.
vagetarian	素食	素食	sùshí	N.

1. 廚師 煮 新鮮 的 蔬菜湯。
chúshī zhǔ xīnxiān de shūcàitāng
The chef is making fresh vegetable soup.

2. 媽媽 打算 用 這些 馬鈴薯 來 做 薯條。
māma dǎsuàn yòng zhèxiē mǎlíngshǔ lái zuò shǔtiáo
Mom plans to make French fries with these potatoes.

3. 日本人 喜歡 喝 味噌 湯。
Rìběnrén xǐhuān hē wèicēngtāng
Japanese people like to eat Miso soup.

4. 想 減肥 的 人 可以 多 吃 番茄。
xiǎng jiǎnféi de rén kěyǐ duō chī fānqié
People who want to lose weight should eat more tomatoes.

5. 很 多 小孩 不 喜歡 吃 青椒。
hěn duō xiǎohái bù xǐhuān chī qīngjiāo
Many children don't like to eat green peppers.

對話
duìhuà

Sophie ：我 做 了 幾 樣 素菜，你 試試！
wǒ zuò le jǐ yàng sùcài nǐ shìshì

小陽 ：好呀！妳 做 的 素菜 真 不錯。
Xiǎoyáng hǎo yā nǐ zuò de sùcài zhēn bú cuò

Sophie ：我 以前 覺得 素食 不 好 吃，可是 現在 越 來越
wǒ yǐqián juéde sùshí bù hǎo chī kěshì xiànzài yuè láiyuè

喜歡 了。
xǐhuān le

小陽 ：我 也 是！
Xiǎoyáng wǒ yě shì

Dialogue

Sophie : I made a couple of vegetarian dishes. Try!

Xiǎoyáng : Wow! You make really good vegetarian food.

Sophie : I used to think vegetarian food was tasteless, I now I am starting to like it more and more.

Xiǎoyáng : Me too!

三、水 果
shuǐguǒ
Fruits

英文	繁體中文	简体中文	漢語拼音	詞性
apple	蘋果	苹果	pínguǒ	N.
guava	芭樂	芭乐	bālè	N.
banana	香蕉	香蕉	xiāngjiāo	N.
pineapple	鳳梨	凤梨	fènglí	N.
wax apple	蓮霧	莲雾	liánwù	N.
starfruit	楊桃	杨桃	yángtáo	N.
tangerine	橘子	橘子	júzi	N.
orange	柳丁	柳丁	liǔdīng	N.
tomato	番茄	番茄	fānqié	N.
pear	梨子	梨子	lízi	N.
persimmon	柿子	柿子	shìzi	N.
watermelon	西瓜	西瓜	xīguā	N.
cantaloupe	哈密瓜	哈密瓜	hāmìguā	N.
papaya	木瓜	木瓜	mùguā	N.
mango	芒果	芒果	mángguǒ	N.
grape	葡萄	葡萄	pútáo	N.
grapefruit	葡萄柚	葡萄柚	pútáoyòu	N.
peach	桃子	桃子	táozi	N.
strawberry	草莓	草莓	cǎoméi	N.
lemon	檸檬	柠檬	níngméng	N.
cherry	櫻桃	樱桃	yīngtáo	N.
lychee	荔枝	荔枝	lìzhī	N.
longan	龍眼	龙眼	lóngyǎn	N.

英文	繁體中文	简体中文	漢語拼音	詞性
coconut	椰子	椰子	yézi	N.
mangosteen	山竹	山竹	shānzhú	N.
kiwifruit	奇異果	奇异果	qíyìguǒ	N.
durian	榴槤	榴梿	liúlián	N.

補 充 生 詞
bǔchōng shēngcí
Additional Vocabulary

英文	繁體中文	简体中文	漢語拼音	詞性
juicy	多汁的	多汁的	duōzhī de	Adj.
sweet and sour	酸甜的	酸甜的	suāntián de	Adj.
ripe	熟透的	熟透的	shóutòu de	Adj.

1. 泰國的芒果、榴槤和鳳梨都很好吃。
   Tàiguó de mángguǒ liúlián hé fènglí dōu hěn hǎo chī
   Thai mangos, durians, and pineapple are all very delicious.

2. 多吃水果能讓你身體健康。
   duō chī shuǐguǒ néng ràng nǐ shēntǐ jiànkāng
   Eating more fruits is good for your health.

3. 檸檬、橘子和芭樂裡有豐富的維他命 C。
   níngméng júzi hé bālè lǐ yǒu fēngfù de wéitāmìng
   Lemons, tangerines, and guava are all rich in vitamin C.

4. 弟弟不敢吃榴槤。
   dìdi bù gǎn chī liúlián
   My younger brother doesn't dare to eat durians.

5. 我喜歡在炎熱的夏天喝西瓜汁。
   wǒ xǐhuān zài yánrè de xiàtiān hē xīguāzhī
   I like drinking watermelon juice on a hot summer day.

對話
duìhuà

李 太太：老闆，請 問 這 蘋果 怎麼 賣？
Lǐ tàitai　　lǎobǎn qǐng wèn zhè píngguǒ zěnme mài

老闆　：一 顆 20 元 。 妳 買 多 一點，我 算 妳 便宜。
lǎobǎn　　yì ke　　yuán　nǐ mǎi duō yìdiǎn　wǒ suàn nǐ piányí

李 太太：這 怎麼 好 意思 ！
Lǐ tàitai　　zhè zěnme hǎo yìsi

老闆　：沒關係 啦 ！ 常 來就 好。
lǎobǎn　　méiguānxi la　cháng lái jiù hǎo

Dialogue

Lǐ tàitai : Sir, may I ask how much are these apples?

Owner : Twenty dollars for one apple. If you buy more, I can give you a better price.

Lǐ tàitai : I couldn't!

Owner : It's alright! Just come here next time!

四、點心
diǎnxīn
Desserts

英文	繁體中文	简体中文	漢語拼音	詞性
cake	蛋糕	蛋糕	dàngāo	N.
cookie	餅乾	饼乾	bǐnggān	N.
candy	糖果	糖果	tángguǒ	N.
chocolate	巧克力	巧克力	qiǎokèlì	N.
jelly	果凍	果冻	guǒdòng	N.
pudding	布丁	布丁	bùdīng	N.
egg tart	蛋塔	蛋塔	dàntǎ	N.
apple pie	蘋果派	苹果派	píngguǒpài	N.
ice cream	冰淇淋	冰淇淋	bīngqílín	N.
sundae	聖代	圣代	shèngdài	N.
jam	果醬	果酱	guǒjiàng	N.
butter	奶油	奶油	nǎiyóu	N.
milkshake	奶昔	奶昔	nǎixí	N.
honey	蜂蜜	蜂蜜	fēngmì	N.
yogurt	優格	优格	yōugé	N.
pineapple cake	鳳梨酥	凤梨酥	fènglísū	N.
sun cake	太陽餅	太阳饼	tàiyángbǐng	N.
nougat	牛軋糖	牛轧糖	niúgátáng	N.
aiyu jelly	愛玉	爱玉	àiyù	N.
herbal jelly	仙草凍	仙草冻	xiāncǎodòng	N.
sweet soup with herbal jelly	燒仙草	烧仙草	shāoxiāncǎo	N.
tofu pudding	豆花	豆花	dòuhuā	N.

英文	繁體中文	简体中文	漢語拼音	詞性
sweet soup	甜湯	甜汤	tiántāng	N.
red bean soup	紅豆湯	红豆汤	hóngdòutāng	N.

補充生詞
bǔchōng shēngcí
Additional Vocabulary

英文	繁體中文	简体中文	漢語拼音	詞性
sweet	甜的	甜的	tián de	Adj.
fragrant	香濃的	香浓的	xiāngnóng de	Adj.
flavor	口味	口味	kǒuwèi	N.

1. 弟弟買了蛋糕，要幫媽媽慶生。
dìdi mǎi le dàngāo yào bāng māma qìngshēng
My younger brother bought a cake to celebrate mom's birthday.

2. Sophie 會自己做草莓果醬。
huì zìjǐ zuò cǎoméi guǒjiàng
Sophie can make her own strawberry jam.

3. 紅豆湯是臺灣常見的點心。
hóngdòutāng shì Táiwān cháng jiàn de diǎnxīn
Red bean soup is a common dessert in Taiwan.

4. 吃完糖果記得刷牙。
chī wán tángguǒ jì de shuāyá
Remember to brush your teeth after eating candy.

5. 昨天學校的烹飪課教同學做布丁。
zuótiān xuéxiào de pēngrènkè jiāo tóngxué zuò bùdīng
I learned how to make pudding in cooking class yesterday.

對話
duìhuà

Sophie ：哇！這盒 點心 看 起來 好好 吃 喔！
wa　zhè hé diǎnxīn kàn qǐlái hǎohǎo chī ō

小陽 ：是 呀！這 是 我 朋友 的 喜餅[1]。看 妳 喜歡 吃
Xiǎoyáng　shì yā　zhè shì wǒ péngyǒu de xǐbǐng　kàn nǐ xǐhuān chī

什麼 ， 請 儘管 拿。
shénme　qǐng jǐnguǎn ná

Sophie ：謝謝 你！
xièxie nǐ

Dialogue

Sophie　　: Wow! This box of desserts looks so appetizing!

Xiǎoyáng : Yes! This is my friend wedding cake. Feel free to take as much as you like.

Sophie　　: Thank you!

---

[1] 喜餅 (N.) 訂婚 時 送 給 親戚、好 友 的 餅乾 禮盒。
　　xǐbǐng　　dìnghūn shí sòng gěi qīnqī　hǎo yǒu de bǐnggān lǐhé

五、飲料
yǐnliào
Beverages

英文	繁體中文	简体中文	漢語拼音	詞性
water	水	水	shuǐ	N.
mineral water	礦泉水	矿泉水	kuàngquánshuǐ	N.
sparkling water	氣泡水	气泡水	qìpàoshuǐ	N.
coffee	咖啡	咖啡	kāfēi	N.
milk	牛奶	牛奶	niúnǎi	N.
soybean milk	豆漿	豆浆	dòujiāng	N.
rice milk	米漿	米浆	mǐjiāng	N.
tea	茶	茶	chá	N.
milk tea	奶茶	奶茶	nǎichá	N.
black tea	紅茶	红茶	hóngchá	N.
green tea	綠茶	绿茶	lǜchá	N.
liqueur	酒	酒	jiǔ	N.
wine	葡萄酒	葡萄酒	pútáojiǔ	N.
champange	香檳	香槟	xiāngbīn	N.
vodka	伏特加	伏特加	fútèjiā	N.
whiskey	威士忌	威士忌	wēishìjì	N.
tequila	龍舌蘭	龙舌兰	lóngshélán	N.
brandy	白蘭地	白兰地	báilándì	N.
kaoliang spirits	高粱酒	高粱酒	gāoliángjiǔ	N.
beer	啤酒	啤酒	píjiǔ	N.
juice	果汁	果汁	guǒzhī	N.
soda water	汽水	汽水	qìshuǐ	N.
cola	可樂	可乐	kělè	N.
sarsaparilla; root beer	沙士	沙士	shāshì	N.

補 充 生 詞
bǔchōng shēngcí
Additional Vocabulary

英文	繁體中文	简体中文	漢語拼音	詞性
powdered milk	奶粉	奶粉	nǎifěn	N.
low-fat milk	低脂牛奶	低脂牛奶	dīzhī niúnǎi	N.
skimmed milk	脫脂牛奶	脱脂牛奶	tuōzhī niúnǎi	N.
whole milk	全脂牛奶	全脂牛奶	quánzhī niúnǎi	N.

1. 多 喝 水 有 益 身 體 健 康 。
   duō hē shuǐ yǒu yì shēntǐ jiànkāng
   Drinking more water is good for your health.

2. 喝 酒 不 開 車 ，開 車 不 喝 酒 。
   hē jiǔ bù kāi chē kāi chē bù hē jiǔ
   Don't drink and drive.

3. 累 的 時 候 就 來 杯 咖 啡 吧 ！
   lèi de shíhòu jiù lái bēi kāfēi ba
   Drink a cup of coffee whenever you feel tired.

4. 我 習 慣 在 汽 水 裡 加 冰 塊 。
   wǒ xíguàn zài qìshuǐ lǐ jiā bīngkuài
   I'm used to add ice in soft drink.

5. 臺 灣 的 珍 珠 奶 茶 很 有 名 。
   Táiwān de zhēnzhūnǎichá hěn yǒu míng
   Taiwanese bubble tea is famous.

對話
duìhuà

Sophie：臺灣 的 飲料 很 特別，可以 在 飲料 裡 加 自己
　　　　Táiwān de yǐnliào hěn tèbié　kěyǐ zài yǐnliào lǐ jiā zìjǐ

　　　　喜歡 的 東西。
　　　　xǐhuān de dōngxi

小陽：真 的！我 最 喜歡 檸檬 愛玉。妳 呢？
Xiǎoyáng　zhēn de　wǒ zuì xǐhuān níngméng àiyù　nǐ ne

Sophie：我 最 喜歡 珍珠奶茶，還 要 少 冰，少 糖。下
　　　　wǒ zuì xǐhuān zhēnzhūnǎichá hái yào shǎo bīng shǎo táng　xià

　　　　次 我 做 檸檬 愛玉 給 你 喝。
　　　　cì wǒ zuò níngméng àiyù gěi nǐ hē

小陽：好 呀！謝謝 妳！
Xiǎoyáng　hǎo yā　xièxie nǐ

Dialogue

Sophie　　：Taiwanese beverages are really special, you can add anything you like in it.

Xiǎoyáng：That's true! My favorite is lemon ice jelly. How about you?

Sophie　　：I like bubble tea the most with a little ice and a little sugar. I'll make lemon ice jelly next time for you.

Xiǎoyáng：Sure! Thanks!

六、臺灣 小 吃
Táiwān xiǎochī
Taiwanese Snacks

英文	繁體中文	简体中文	漢語拼音	詞性
braised pork rice	滷肉飯	卤肉饭	lǔròufàn	N.
beef noodles	牛肉麵	牛肉面	niúròumiàn	N.
steamed glutinous; rice with lard and mushrooms	油飯	油饭	yóufàn	N.
stir-fried rice noodle	炒米粉	炒米粉	chǎomǐfěn	N.
sesame-oil chicken	麻油雞	麻油鸡	máyóujī	N.
mutton hot pot	羊肉爐	羊肉炉	yángròulú	N.
spicy hot pot	麻辣鍋	麻辣锅	málàguō	N.
chicken cutlet	香雞排	香鸡排	xiāngjīpái	N.
popcorn chicken	鹽酥雞	盐酥鸡	yánsūjī	N.
oyster omelet	蚵仔煎	蚵仔煎	kēzǎijiān	N.
soy braised food	滷味	卤味	lǔwèi	N.
stinky tofu	臭豆腐	臭豆腐	chòudòufǔ	N.
pig's blood rice pudding	米血糕	米血糕	mǐxiěgāo	N.
pan-fried bun	生煎包	生煎包	shēngjiānbāo	N.
steamed dumplings	小籠包	小笼包	xiǎolóngbāo	N.
flaky scallion pancake	蔥抓餅	葱抓饼	cōngzhuābǐng	N.
meat ball/ ba wan	肉圓	肉圆	ròuyuán	N.
Taiwanese oden	甜不辣	甜不辣	tiánbúlà	N.
Taiwanese sausage with glutinous rice	大腸包小腸	大肠包小肠	dàcháng bāo xiǎocháng	N.

英文	繁體中文	简体中文	漢語拼音	詞性
bubble tea	珍珠奶茶	珍珠奶茶	zhēnzhū nǎichá	N.
shaved ice	剉冰	剉冰	cuòbīng	N.
candied haw	糖葫蘆	糖葫芦	tánghúlú	N.
deep-fried sweet potato ball	地瓜球	地瓜球	dìguāqiú	N.

補 充 生 詞
bǔchōng shēngcí
Additional Vocabulary

英文	繁體中文	简体中文	漢語拼音	詞性
to steam	蒸	蒸	zhēng	V.
to boil	煮	煮	zhǔ	V.
to deep-fry	炸	炸	zhá	V.
to grill	烤	烤	kǎo	V.
to fry	煎	煎	jiān	V.
to blanch	燙	烫	tàng	V.
to stew	燉	炖	dùn	V.
to toss	拌	拌	bàn	V.
to marinate	醃	腌	yān	V.
oily	油膩的	油腻的	yóunì de	Adj.
street vendor	路邊攤	路边摊	lùbiāntān	N.

1. 這間 香雞排 每天 都 很 多 人 排隊。
zhèjiān xiāngjīpái měitiān dōu hěn duō rén páiduì
Everyday tons of people line up for this street vendors chicken cutlets.

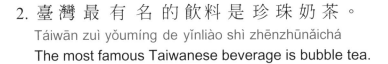

2. 臺灣 最 有 名 的 飲料 是 珍珠奶茶。
Táiwān zuì yǒumíng de yǐnliào shì zhēnzhūnǎichá
The most famous Taiwanese beverage is bubble tea.

3. 很 多 外國人 不 敢 吃 米血糕 和 臭豆腐。
hěn duō wàiguórén bù gǎn chī mǐxiěgāo hé chòudòufǔ
Many foreigners don't dare to eat black rice pudding and sticky tofu.

4. 在 臺灣，你 一定 要 吃 道地 的 滷肉飯！
zài Táiwān   nǐ yídìng yào chī dàodì de lǔròufàn
You should try authentic braised pork rice in Taiwan.

5. 臺灣 人 一 年 四 季 都 喜歡 吃 麻辣鍋。
Táiwān rén yì nián sì jì dōu xǐhuān chī málàguō
Taiwanese like to eat spicy hot pot all year round.

對話
duìhuà

小張　：我 今天 特別 餓， 晚餐 去 吃 吃到飽 好 嗎？
Xiǎozhāng　wǒ jīntiān tèbié è　wǎncān qù chī chīdàobǎo hǎo ma

那間 麻辣鍋 的 蔬菜 和 海鮮 都 很 新鮮， 還有
nàjiān málàguō de shūcài hé hǎixiān dōu hěn xīnxiān　háiyǒu

各種 肉片、 點心、 水果 和 飲料。
gèzhǒng ròupiàn　diǎnxīn　shuǐguǒ hé yǐnliào

Sophie ：好 啊！我 最 喜歡 吃 麻辣鍋 了。今天 有 點
hǎo a　wǒ zuì xǐhuān chī málàguō le　jīntiān yǒu diǎn

冷，吃 麻辣鍋 最 適合 了。 我們 走 吧！
lěng chī málàguō zuì shìhé le　wǒmen zǒu ba

Dialogue

Xiǎozhāng : I am really hungry today, what about going to an all-you-can eat buffet for supper? That spicy hotpot restaurant's vegetables and seafood are really fresh, also there are all types of meats, desserts, fruits, and drinks.

Sophie : Ok, spicy hotpot is my favorite. It's suitable for such a cold day. Let's go!

七、異國料理
yìguó liàolǐ
Foreign Cuisine

英文	繁體中文	简体中文	漢語拼音	詞性
sushi	壽司	寿司	shòusī	N.
sashimi	生魚片	生鱼片	shēngyúpiàn	N.
ramen	拉麵	拉面	lāmiàn	N.
teppanyaki	鐵板燒	铁板烧	tiěbǎnshāo	N.
kimchi	泡菜	泡菜	pàocài	N.
curry rice	咖哩飯	咖哩饭	kālǐfàn	N.
rolled-up pastry	捲餅	卷饼	juǎnbǐng	N.
taco	墨西哥捲餅	墨西哥饼	mòxīgēbǐng	N.
lasagna	千層麵	千层面	qiāncéngmiàn	N.
pasta	義大利麵	意大利面	yìdàlìmiàn	N.
pizza	披薩	披萨	pīsà	N.
hamburger	漢堡	汉堡	hànbǎo	N.
french fries	薯條	薯条	shǔtiáo	N.
fried chicken	炸雞	炸鸡	zhájī	N.
salad	沙拉	沙拉	shālā	N.
sandwich	三明治	三明治	sānmíngzhì	N.
hot dog	熱狗	热狗	règǒu	N.
cheese	起司	起司	qǐsī	N.
fast food	速食	速食	sùshí	N.

補 充 生 詞
bǔchōng shēngcí
Additional Vocabulary

英文	繁體中文	简体中文	漢語拼音	詞性
bitter	苦的	苦的	kǔ de	Adj.
spicy	辣的	辣的	là de	Adj.
salty	鹹的	咸的	xián de	Adj.
sour	酸的	酸的	suān de	Adj.

1. 美 國 人 常 吃 漢 堡、薯 條、披 薩。
   Měiguó rén cháng chī hànbǎo shǔtiáo   pīsà
   Americans usually eat hamburgers, French fries and pizza.

2. 韓 國 人 幾乎 三 餐 都 吃 泡 菜。
   Hánguó rén jīhū   sān cān dōu chī pàocài
   Koreans usually have kimchi three times a day.

3. 如果 你 去 日 本 一定 要 吃 生 魚 片、拉 麵 和 壽 司。
   rúguǒ nǐ qù Rìběn yídìng yào chī shēngyúpiàn   lāmiàn hé shòusī
   If you go to Japan, you must eat sashimi, ramen noodles and sushi.

4. 吃 速 食 最 方 便 了。
   chī sùshí zuì fāngbiàn le
   It's convenient to eat fast food.

5. 哥哥 喜 歡 吃 肯德基 的 炸 雞。
   gēge xǐhuān chī kěndéjī de zhájī
   My older brother likes eating KFC's fried chicken.

對話
duìhuà

小張 ：妳 去 過 師大 夜市 嗎？
Xiǎozhāng　nǐ qù guò shīdà yèshì ma

Sophie ：我 沒 去 過，但 我 聽說 那裡 有 很 多 異國
wǒ méi qù guò dàn wǒ tīngshuō nàlǐ yǒu hěn duō yìguó

料理。我 今天 特別 想 吃 義大利麵，不 如 我們
liàolǐ wǒ jīntiān tèbié xiǎng chī yìdàlìmiàn bù rú wǒmen

晚上 一起 去 吧，如何？
wǎnshàng yìqǐ qù ba rúhé

小張 ：好 呀！
Xiǎozhāng　hǎo yā

Dialogue

Xiǎozhāng : Have you ever been to Shida night market?

Sophie : I've never been there, but I've heard that there are a lot of exotic foods. I really would like to have past today, let's go there together tonight!

Xiǎozhāng : Sure!

購物篇

SHOPPING

一、衣服 和 鞋子
yīfú hé xiézi
Clothes and Shoes

英文	繁體中文	简体中文	漢語拼音	詞性
shirts	襯衫	衬衫	chènshān	N.
t-shirt	T恤	T恤	T xù	N.
sweater	毛衣	毛衣	máoyī	N.
coat	外套	外套	wàitào	N.
jacket	夾克	夹克	jiákè	N.
suit	西裝	西裝	xīzhuāng	N.
pants	褲子	裤子	kùzi	N.
jeans	牛仔褲	牛仔裤	niúzǎikù	N.
skirt	裙子	裙子	qúnzi	N.
dress	洋裝	洋裝	yángzhuāng	N.
cerimonial robe or dress; full dress; formal attire	禮服	礼服	lǐfú	N.
uniform	制服	制服	zhìfú	N.
pajamas	睡衣	睡衣	shuìyī	N.
underwear	內衣褲	内衣裤	nèiyīkù	N.
swimwear	泳衣	泳衣	yǒngyī	N.
shoes	鞋子	鞋子	xiézi	N.
slippers	拖鞋	拖鞋	tuōxié	N.
sandals	涼鞋	凉鞋	liángxié	N.
sneakers	運動鞋	运动鞋	yùndòngxié	N.
high-heels	高跟鞋	高跟鞋	gāogēnxié	N.
leather shoes	皮鞋	皮鞋	píxié	N.

英文	繁體中文	简体中文	漢語拼音	詞性
boots	靴子	靴子	xuēzi	N.
socks	襪子	袜子	wàzi	N.

補 充 生 詞
bǔchōng shēngcí
Additional Vocabulary

英文	繁體中文	简体中文	漢語拼音	詞性
beautiful	美麗的	美丽的	měilì de	Adj.
handsome	帥氣的	帅气的	shuàiqì de	Adj.
warm	溫暖的	温暖的	wēnnuǎn de	Adj.
formal	正式的	正式的	zhèngshì de	Adj.

1. 她 是 一 位 衣服 設計師。
   tā shì yí wèi yīfú shèjìshī
   She is a clothing designer.

2. 他 平 常 喜歡 穿 襯 衫 和 牛仔褲。
   tā píngcháng xǐhuān chuān chènshān hé niúzǎikù
   She often likes to wear a shirt and jeans.

3. 天 冷 時 穿 毛衣 特別 溫 暖。
   tiān lěng shí chuān máoyī tèbié wēnnuǎn
   When the weather is cold, wearing a sweater keeps you warm.

4. 爸爸 穿 西 裝 和 皮鞋 參加 哥哥 的 畢業 典禮。
   bàba chuān xīzhuāng hé píxié cānjiā gēge de bìyè diǎnlǐ
   My father wore a suit and leather shoes to my elder brother's graduation ceremony.

5. 他 昨 天 在 百貨公司 買 了 一 雙 新鞋。
   tā zuótiān zài bǎihuògōngsī mǎi le yì shuāng xīn xié
   He bought new shoes in the department store yesterday.

對話
duìhuà

Sophie：下個 禮拜 六 我 朋友 生日，真 不 知道 應該
　　　　xià ge lǐbài liù wǒ péngyǒu shēngrì zhēn bù zhīdào yīnggāi

　　　　穿 什麼 才 好。
　　　　chuān shénme cái hǎo

小陽：穿 洋裝 吧！妳 穿 洋裝 很 好 看。
Xiǎoyáng chuān yángzhuāng ba　nǐ chuān yángzhuāng hěn hǎo kàn

Sophie：可是 我 沒有 適合 的 鞋子 可以 搭配。
　　　　kěshì wǒ méiyǒu shìhé de xiézi kěyǐ dāpèi

小陽：沒關係，我 陪 妳 去 買，怎麼 樣 ？
Xiǎoyáng　méiguānxi　wǒ péi nǐ qù mǎi zěnme yàng

Sophie：謝謝 你！你 人 真 好。那 這個 週末 就 麻煩你
　　　　xièxie nǐ　nǐ rén zhēn hǎo　nà zhège zhōumò jiù máfán nǐ

　　　　了！
　　　　le

Dialogue

Sophie　　: My friend's birthday is next Saturday, I don't know what to wear.

Xiǎoyáng : Wear a dress! You look nice with dresses.

Sophie　　: But I don't have any pair of shoes that could match.

Xiǎoyáng : No worries, I will accompany you to buy them. What do you say?

Sophie　　: Thanks a lot! You're so kind. Sorry for troubling you this weekend!

二、化妝品和保養品
huàzhuāngpǐn hé bǎoyǎngpǐn
Cosmetics and Care Products

英文	繁體中文	简体中文	漢語拼音	詞性
makeup remover	卸妝油	卸妆油	xièzhuāngyóu	N.
makeup removing lotion	卸妝乳	卸妆乳	xièzhuāngrǔ	N.
liquid foundation	粉底液	粉底液	fěndǐyè / fěndǐyì	N.
compact (cosemetics)	粉餅	粉饼	fěnbǐng	N.
makeup base	隔離霜	隔离霜	gélíshuāng	N.
concealer/cover up	遮瑕膏	遮瑕膏	zhēxiágāo	N.
blush	腮紅	腮红	sāihóng	N.
lipstick	口紅	口红	kǒuhóng	N.
lip gloss	唇膏	唇膏	chúngāo	N.
mascara	睫毛膏	睫毛膏	jiémáogāo	N.
eyebrow pencil	眉筆	眉笔	méibǐ	N.
eye shadow	眼影	眼影	yǎnyǐng	N.
eye liner	眼線	眼线	yǎnxiàn	N.
nail polish	指甲油	指甲油	zhǐjiǎyóu	N.
perfume	香水	香水	xiāngshuǐ	N.
lip balm	護唇膏	护唇膏	hùchúngāo	N.
facial mask	面膜	面膜	miànmó	N.
lotion	乳液	乳液	rǔyè / rǔyì	N.
lotion toner	化妝水	化妆水	huàzhuāngshuǐ	N.
sun screen	防晒乳	防晒乳	fángshàirǔ	N.
eyelash curler	睫毛夾	睫毛夹	jiémáojiá	N.
cotton pad	化妝棉	化妆棉	huàzhuāngmián	N.
brush	刷子	刷子	shuāzi	N.

補充生詞
bǔchōng shēngcí
Additional Vocabulary

英文	繁體中文	简体中文	漢語拼音	詞性
to apply makcup (to the face)	上妝	上妆	shàngzhuāng	V.O.
to remove makeup (from the face)	卸妝	卸妆	xièzhuāng	V.O.
to reapply makeup	補妝	补妆	bǔzhuāng	V.
light makeup	淡妝	淡妆	dànzhuāng	N.
heavy makeup	濃妝	浓妆	nóngzhuāng	N.

1. 現今，男生也開始敷面膜了。
   xiànjīn nánshēng yě kāishǐ fū miànmó le
   Nowadays, men also have started to use facial masks.

2. 不管是畫淡妝還是濃妝，都一定要澈底
   bùguǎn shì huà dànzhuāng háishì nóngzhuāng dōu yídìng yào chèdǐ
   卸妝。
   xièzhuāng
   No matter whether it's light make up or heavy make up, it all has to be removed thoroughly.

3. 妹妹喜歡花香系列的香水。
   mèimei xǐhuān huāxiāng xìliè de xiāngshuǐ
   My younger sister likes flower-scented perfume.

4. 在乾燥的國家一定要擦乳液。
   zài gānzào de guójiā yídìng yào cā rǔyè/rǔyì
   In arid countries you must use moisturizing lotion.

5. 媽媽 不 習慣　上　眼 影，但 一定 會 畫 眼 線。

māma bù xíguàn shàng yǎnyǐng　dàn yídìng huì huà yǎnxiàn

My mom is not used to wearing eye shadow, but she puts on eyeliner.

對話
duìhuà

Sophie ：我　化妝品　快 用 完 了！
wǒ huàzhuāngpǐn kuài yòng wán le

小張 ：要 一起 去 逛　百貨公司　嗎？
Xiǎozhāng　yào　yìqǐ　qù guàng bǎihuògōngsī ma

Sophie ：我 想 在 網路　上　買，比較 便宜！
wǒ xiǎng zài wǎnglù shàng mǎi　bǐjiào piányí

小張 ：好 呀！便宜 又　方便　！
Xiǎozhāng　hǎo yā　piányí yòu fāngbiàn

Dialogue

Sophie 　　： I'm almost out of make-up.

Xiǎozhāng : Would you like to go to the department store together?

Sophie 　　： I want to buy it online, it's cheaper!

Xiǎozhāng : Sure! It's cheaper and more convenient.

三、配件
pèijiàn
Accessories

英文	繁體中文	简体中文	漢語拼音	詞性
accessory	配件	配件	pèijiàn	N.
hat	帽子	帽子	màozi	N.
glassses	眼鏡	眼镜	yǎnjìng	N.
earrings	耳環	耳环	ěrhuán	N.
necklace	項鍊	项链	xiàngliàn	N.
ring	戒指	戒指	jièzhǐ	N.
bracelet	手鍊	手链	shǒuliàn	N.
watch	手錶	手表	shǒubiǎo	N.
belt	皮帶	皮带	pídài	N.
tie	領帶	领带	lǐngdài	N.
scarf	圍巾	围巾	wéijīn	N.
gloves	手套	手套	shǒutào	N.
purse	皮包	皮包	píbāo	N.
briefcase	公事包	公事包	gōngshìbāo	N.
backpack	背包	背包	bēibāo	N.
key	鑰匙	钥匙	yàoshi	N.

補 充 生 詞
bǔchōng shēngcí
Additional Vocabulary

英文	繁體中文	简体中文	漢語拼音	詞性
style	風格	风格	fēnggé	N.
classic	經典的	经典的	jīngdiǎn de	Adj.

英文	繁體中文	简体中文	漢語拼音	詞性
fashionable	流行的	流行的	liúxíng de	Adj.
to suit; to fit	適合	适合	shìhé	V.

1. 每 個 人 都 有 自己 穿 衣服 的 風格。
   měi ge rén dōu yǒu zìjǐ chuān yīfú de fēnggé
   Everyone has his own clothing style.

2. 《鐵達尼號》是 一 部 相 當 經典 的 電影。
   Tiědáníhào shì yí bù xiāngdāng jīngdiǎn de diànyǐng
   Titanic is a classic movie.

3. 今年 最 流行 的 顏色 是 紅色。
   jīnnián zuì liúxíng de yánsè shì hóngsè
   The most popular color this year is red.

4. 品 嘗 紅酒 時，可以 吃 起司 提味。
   pǐncháng hóngjiǔ shí kěyǐ chī qǐsī tíwèi
   When tasting wine, you should also eat cheese to fully enjoy the taste of wine.

5. 冬 天 出 門 時 我 總是 戴 圍巾 和 手套。
   dōngtiān chū mén shí wǒ zǒngshì dài wéijīn hé shǒutào
   I always wear scarf and gloves when getting out in the winter.

對話
duìhuà

Peter ：您好，我想買求婚戒指。
nín hǎo wǒ xiǎng mǎi qiúhūn jièzhǐ

店員 ：沒問題！這款金色的是經典款，銀色是
diànyuán méi wèntí zhè kuǎn jīnsè de shì jīngdiǎn kuǎn yínsè shì

流行 款。
liúxíng kuǎn

Peter ：我 女朋友 喜歡 銀色 的，但 這 款 金色 的 也很
　　　　wǒ nǚpéngyǒu xǐhuān yínsè de　dàn zhè kuǎn jīnsè de yě hěn

　　　　好 看……。
　　　　hǎo kàn

店員 ：這 兩 款 都 很 特別。
diànyuán　zhè liǎng kuǎn dōu hěn tèbié

Peter ：我 選 銀色 的 好 了，希望 她 喜歡。
　　　　wǒ xuǎn yínsè de hǎo le　xīwàng tā xǐhuān

店員 ：好 的。祝 你 好 運！
diànyuán　hǎo de　zhù nǐ hǎo yùn

Dialogue

Peter : Hello, I'd like to buy an engagement ring.

Clerk : No problem! This is a golden traditional style ring, and this is a silver, modern style ring.

Peter : My girlfriend likes silver, but this golden one is also beautiful…

Clerk : Both of them are beautiful, really special.

Peter : I will take the silver ring. I hope she likes it.

Clerk : Okay, good luck to you!

四、商店建築
shāngdiàn jiànzhú
Shops and Buildings

英文	繁體中文	简体中文	漢語拼音	詞性
supermarket	超級市場／超市	超级市场／超市	chāojí shìchǎng/ chāoshì	N.
convenient store	便利商店	便利商店	biànlì shāngdiàn	N.
department store	百貨公司	百货公司	bǎihuò gōngsī	N.
restaurant	餐廳	餐厅	cāntīng	N.
supermarket	市場	市场	shìchǎng	N.
night market	夜市	夜市	yèshì	N.
breakfast store	早餐店	早餐店	zǎocān diàn	N.
bread store	麵包店	面包店	miànbāo diàn	N.
beverage shop	飲料店	饮料店	yǐnliào diàn	N.
bento store	便當店	便当店	biàndāng diàn	N.
clothing store	服飾店	服饰店	fúshì diàn	N.
jewelry store	珠寶店	珠宝店	zhūbǎo diàn	N.
shoe store	鞋店	鞋店	xié diàn	N.
beauty shop	美容院	美容院	měiróng yuàn	N.
fruit stand	水果行	水果行	shuǐguǒ háng	N.
lens crafter	眼鏡行	眼镜行	yǎnjìng háng	N.
mobile shop	通訊行	通讯行	tōngxùn háng	N.
laundry	洗衣店	洗衣店	xǐyī diàn	N.
coffee shop	咖啡館	咖啡馆	kāfēi guǎn	N.
beauty shop	美妝店	美妆店	měizhuāng diàn	N.
stationery store	文具店	文具店	wénjù diàn	N.

08-04

英文	繁體中文	简体中文	漢語拼音	詞性
library	圖書館	图书馆	túshū guǎn	N.
museum	博物館	博物馆	bówù guǎn	N.
toy shop	玩具店	玩具店	wánjù diàn	N.
aquarium	水族館	水族馆	shuǐzú guǎn	N.
hospital	醫院	医院	yīyuàn	N.
pharmacy	藥局	药局	yàojú	N.
night club	夜店	夜店	yèdiàn	N.
hotel	飯店	饭店	fàndiàn	N.
gym	健身房	健身房	jiànshēnfáng	N.
park	公園	公园	gōngyuán	N.
school	學校	学校	xuéxiào	N.
cram school	補習班	补习班	bǔxíbān	N.
post office	郵局	邮局	yóujú	N.
bank	銀行	银行	yínháng	N.
police officer	警察局	警察局	jǐngchájú	N.
fire department	消防局	消防局	xiāofángjú	N.

補 充 生 詞
bǔchōng shēngcí
Additional Vocabulary

英文	繁體中文	简体中文	漢語拼音	詞性
convenient	方便	方便	fāngbiàn	Adj.
grand opening	開幕	开幕	kāimù	V.
open	營業	营业	yíngyè	V.
chain store	連鎖店	连锁店	liánsuǒ diàn	N.
franchise store	加盟店	加盟店	jiāméng diàn	N.

1. 哥哥 每天 都 去 健身房 運動。
gēge měitiān dōu qù jiànshēnfáng yùndòng
My older brother goes to the gym everyday to exercise.

2. 公園 裡 有 許多 人 在 散步。
gōngyuán lǐ yǒu xǔduō rén zài sànbù
Many people go for a walk in the park.

3. 他 常 常 去 圖書館 看書、蒐尋 資料。
tā chángcháng qù túshūguǎn kànshū sōuxún zīliào
He often goes to the library to read and to search for data.

4. 今天 是 博物館 一百 週 年 紀念日。
jīntiān shì bówùguǎn yìbǎi zhōunián jìniànrì
Today is the museum's 100th anniversary.

5. 媽媽 剛 剛 從 市 場 買 菜 回來。
māma gānggāng cóng shìchǎng mǎi cài huílái
My mother just came back from buying food at the market.

對話
duìhuà

Max ：臺灣 有 很 多 便利商店 ，住 在 這裡 非常
Táiwān yǒu hěn duō biànlìshāngdiàn zhù zài zhèlǐ fēicháng

方便。
fāngbiàn

Sophie：沒錯！除此之外， 交通 也 很 方便，我 可以 搭
méicuò chúcǐzhīwài jiāotōng yě hěn fāngbiàn wǒ kěyǐ dā

捷運、 公車 或 騎 腳踏車 去 很 多 地方。
jiéyùn gōngchē huò qí jiǎotàchē qù hěn duō dìfāng

Max ：嗯，臺灣 真 的 很 不錯。
èn Táiwān zhēn de hěn búcuò

Dialogue

Max : Taiwan has a lot of convenience stores, living here is really convenient.

Sophie : Exactly! Additionally, public transportation is also convenient. I can take the metro, bus, or bike wherever I need to go.

Max : Yes, Taiwan is really excellent.

交 通 篇

TRANSPORTATION

一、交通工具
jiāotōng gōngjù
Modes of Transportation

英文	繁體中文	简体中文	漢語拼音	詞性
bike	腳踏車	脚踏车	jiǎotàchē	N.
scooter	機車	机车	jīchē	N.
motorcycle	重機	重机	zhòngjī	N.
car	汽車	汽车	qìchē	N.
truck	卡車	卡车	kǎchē	N.
taxi	計程車	计程车	jìchéngchē	N.
ambulance	救護車	救护车	jiùhùchē	N.
fire engine	消防車	消防车	xiāofángchē	N.
police car	警車	警车	jǐngchē	N.
rubbish truck	垃圾車	垃圾车	lèsèchē	N.
bus	公車	公车	gōngchē	N.
tour bus	遊覽車	游览车	yóulǎnchē	N.
shuttle bus	接駁車	接驳车	jiēbóchē	N.
cable car	纜車	缆车	lǎnchē	N.
metropoltan rapid transit (MRT)	捷運	捷运	jiéyùn	N.
train	火車	火车	huǒchē	N.
high speed rail (HSR)	高鐵	高铁	gāotiě	N.
boat	船	船	chuán	N.
yacht	遊艇	游艇	yóutǐng	N.
submarine	潛水艇	潜水艇	qiánshuǐtǐng	N.
airplane	飛機	飞机	fēijī	N.
helicopter	直升機	直升机	zhíshēngjī	N.

英文	繁體中文	简体中文	漢語拼音	詞性
hot balloon	熱氣球	热气球	rèqìqiú	N.
rocket	火箭	火箭	huǒjiàn	N.
space shuttle	太空船	太空船	tàikōngchuán	N.

補 充 生 詞
bǔchōng shēngcí
Additional Vocabulary

英文	繁體中文	简体中文	漢語拼音	詞性
to drive an automobile	開車	开车	kāichē	V.O.
driver's license	駕照	驾照	jiàzhào	N.
safe	安全	安全	ānquán	Adj.
dangerous	危險	危险	wéixiǎn	Adj.

1. 在 丹 麥 ，很 多 人 騎 腳 踏車 上 班 。
   zài Dānmài　hěn duō rén qí jiǎotàchē shàng bān
   In Denmark, many people ride a bicycle to go to work.

2. 我 每 天 都 坐 236 號 公 車 回 家 。
   wǒ měitiān dōu zuò　　hào gōngchē huí jiā
   I ride the bus no. 236 everyday to go home.

3. 我 從 來 沒 坐 過 熱氣球，希望 有 一 天 能 坐 。
   wǒ cónglái méi zuò guò rèqìqiú　xīwàng yǒu yì tiān néng zuò
   I have never taken a ride in a got balloon. I hope I can try it one day.

4. 機車 多 的 國家，交 通 比較 混 亂 。
   jīchē duō de guójiā　jiāotōng bǐjiào hùnluàn
   Countries in which there are many scooters, traffic is always more chaotic.

5. 在 泰 國 坐 計程車 相 當 划 算，因爲 非 常 便宜。
zài Tàiguó zuò jìchéngchē xiāngdāng huásuàn　yīnwèi fēicháng piányí
Taking a taxi in Thailand is convenient, as it is really cheap.

對話
duìhuà

小陽　：我 正 要 開車 去 學校 ，你 要 一起 去 嗎？
Xiǎoyáng　wǒ zhèng yào kāichē qù xuéxiào 　nǐ yào yìqǐ　qù ma

小張　：好 啊，真 是 太 感謝 你 了。如果 沒 遇 到 你，
Xiǎozhāng　hǎo a　zhēn shì tài gǎnxiè nǐ le　rúguǒ méi yù dào nǐ

　　　　我 就 要 去 搭 捷運 了。
　　　　wǒ jiù yào qù dā jiéyùn le

小陽　：別 客氣！如果 我們 一起 走，我 也 有 個 伴！
Xiǎoyáng　bié kèqì　rúguǒ wǒmen yìqǐ zǒu　wǒ yě yǒu ge bàn

小張　：那 就 謝謝 你 讓 我 搭便車 囉！
Xiǎozhāng　nà jiù xièxie nǐ ràng wǒ dābiànchē luō

Dialogue

Xiǎoyáng　: I'm driving to school now, would you like to come with me?

Xiǎozhāng : Sure! I would really appreciate it. Hadn't I met you, I would have had to take the MRT.

Xiǎoyáng　: No need to thank me! If we go together, then I will have some company.

Xiǎozhāng : Thank you for the ride!

二、飛機和機場
fēijī hé jīchǎng
Airplane and Airport

英文	繁體中文	简体中文	漢語拼音	詞性
airplane	飛機	飞机	fēijī	N.
airport	機場	机场	jīchǎng	N.
airline representative	地勤人員	地勤人员	dìqín rényuán	N.
flight-information board	班機時刻表	班机时刻表	bānjī shíkèbiǎo	N.
arrival card	入境表格	入境表格	rùjìng biǎogé	N.
customs declaration form	海關申報單	海关申报单	hǎiguān shēnbàodān	N.
aisle seat	靠走道座位	靠走道座位	kào zǒudào zuòwèi	N.
window seat	靠窗座位	靠窗座位	kào chuāng zuòwèi	N.
passenger	旅客	旅客	lǚkè	N.
plane ticket	機票	机票	jīpiào	N.
passport	護照	护照	hùzhào	N.
visa	簽證	签证	qiānzhèng	N.
boarding pass	登機證	登机证	dēngjīzhèng	N.
terminal	航廈	航厦	hángxià	N.
custom	海關	海关	hǎiguān	N.
runway	跑道	跑道	pǎodào	N.
luggage	行李	行李	xínglǐ	N.
carry-on bag	隨身行李	随身行李	suíshēn xínglǐ	N.
luggage cart	手推車	手推车	shǒutuīchē	N.

09-02

英文	繁體中文	简体中文	漢語拼音	詞性
luggage claim	行李輸送帶	行李输送带	xínglǐ shūsòngdài	N.
departure gate	登機門	登机门	dēngjīmén	N.
duty-free shop	免稅店	免税店	miǎnshuìdiàn	N.
boarding area	候機室	候机室	hòujīshì	N.
first class	頭等艙	头等舱	tóuděngcāng	N.
business class	商務艙	商务舱	shāngwùcāng	N.
economy class	經濟艙	经济舱	jīngjìcāng	N.

補充生詞
bǔchōng shēngcí
Additional Vocabulary

英文	繁體中文	简体中文	漢語拼音	詞性
departure	出境	出境	chūjìng	N.
arrival	入境	入境	rùjìng	N.
to exit	出關	出关	chūguān	V.
to enter	入關	入关	rùguān	V.
to land	降落	降落	jiàngluò	V.
to take off	起飛	起飞	qǐfēi	V.
to delay	誤點	误点	wùdiǎn	V.
to transfer	轉機	转机	zhuǎnjī	V.

1. 搭飛機時，我喜歡坐在靠窗的座位看
dā fēijī shí wǒ xǐhuān zuò zài kào chuāng de zuòwèi kàn
風景。
fēngjǐng
When I take the plane, I like sitting in the window seat to enjoy the views.

2. 去機場前，爸爸要弟弟再檢查一次護照和機票。
qù jīchǎng qián bàba yào dìdi zài jiǎnchá yí cì hùzhào hé jīpiào

Before going to the airport, my dad asked my younger brother to check for his passport and plane ticket one more time.

3. 老闆 的 飛機 誤點 了，要再 兩 個 小時 才會 到。
lǎobǎn de fēijī wùdiǎn le yào zài liǎng ge xiǎoshí cái huì dào
The boss's flight has been delayed, it will be another two hours before he arrives.

4. 我 們 在 入境 大廳 等 媽媽 回 國。
wǒmen zài rùjìng dàtīng děng māma huí guó
We are waiting for mum in the arrival lobby.

5. Max 在 免 稅 店 買 了 菸 和 酒。
zài miǎnshuìdiàn mǎi le yān hé jiǔ
Max is buying cigarettes and wine in the duty-free shop.

對 話
duìhuà

空服員 ：再 過 十 分鐘 飛機 即將 降落 ，請 您 收 起
kōngfúyuán zài guò shí fēnzhōng fēijī jíjiāng jiàngluò qǐng nín shōu qǐ

餐桌 ，繫 好 安全帶 。
cānzhuō jì hǎo ānquándài

乘客 ：好 的！
chéngkè hǎo de

Dialogue

Flight attendant : We are going to be landing in 10 minutes. Please fold your tray table up, and fasten your seatbelts.

Passenger : Ok!

三、馬路
mǎlù
Road

英文	繁體中文	简体中文	漢語拼音	詞性
pedestrian	行人	行人	xíngrén	N.
road	馬路	马路	mǎlù	N.
street	街	街	jiē	N.
alley	巷子	巷子	xiàngzi	N.
skyscraper	高樓大廈	高楼大厦	gāolóu dàxià	N.
parking lot	停車場	停车场	tíngchēchǎng	N.
traffic sign	交通號誌	交通号志	jiāotōng hàozhì	N.
street light	紅綠燈	红绿灯	hónglǜdēng	N.
crossroad	十字路口	十字路口	shízìlùkǒu	N.
crosswalk	斑馬線	斑马线	bānmǎxiàn	N.
sidewalk	人行道	人行道	rénxíngdào	N.
telephone pole	電線桿	电线杆	diànxiàngǎn	N.
street light	路燈	路灯	lùdēng	N.
bridge	橋	桥	qiáo	N.
pedestrian overpass	天橋	天桥	tiānqiáo	N.
pedestrian underpass	地下道	地下道	dìxiàdào	N.
tunnel	隧道	隧道	suìdào	N.
gas station	加油站	加油站	jiāyóuzhàn	N.
highway	高速公路	高速公路	gāosù gōnglù	N.
railway	鐵路	铁路	tiělù	N.

補充生詞
bǔchōng shēngcí
Additional Vocabulary

英文	繁體中文	简体中文	漢語拼音	詞性
to turn a corner	轉彎	转弯	zhuǎnwān	V.
to collide	撞	撞	zhuàng	V.
to stuck in traffic	塞車	塞车	sāichē	V.
to go straight	直走	直走	zhízǒu	V.
to turn left/ right	左 / 右轉	左 / 右转	zuǒ /yòuzhuǎn	V.

1. 行人過馬路要注意安全。
xíngrén guò mǎlù yào zhùyì ānquán
Pedestrians should be careful when crossing the road.

2. 這條巷子裡有停車場。
zhè tiáo xiàngzi lǐ yǒu tíngchēchǎng
There is a parking space in this alley.

3. 我家門前的路燈壞了。
wǒ jiā mén qián de lùdēng huài le
The street light in front of my home is broken.

4. 地震過後，電線桿倒了好幾根。
dìzhèn guò hòu diànxiàngǎn dǎo le hǎo jǐ gēn
Many telephone poles have been knocked down by the earthquake.

5. 穿過這個隧道就到我們學校了。
chuān guò zhège suìdào jiù dào wǒmen xuéxiào le
Once we cross this tunnel, we are already in the school.

對話
duìhuà

Max ：真 抱歉 ，我 遲到 了！
zhēn bàoqiàn　wǒ chídào le

Sophie：沒關係， 發生 什麼 事 了 嗎？
méiguānxi　fāshēng shénme shì le ma

Max ：前面 發生 車禍，塞 車 塞 一 個 多 小時 ，
qiánmiàn fāshēng chēhuò　sāi chē sāi yí ge duō xiǎoshí

不好意思， 讓 妳久 等 了！
bùhǎoyìsi　ràng nǐ jiǔ děng le

Sophie：沒關係。
méiguānxi

Dialogue

Max 　　: I'm so sorry I'm late.

Sophie : It doesn't matter, what happened?

Max 　　: There was a car accident, and I was stuck in traffic for over one hour. I am so sorry for making you wait for so long.

Sophie : No problem.

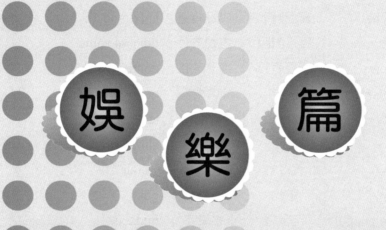

娛 樂 篇

ENTERTAINMENT

一、電視、電影和戲劇
diànshì diànyǐng hé xìjù
TV, Cinema, and Drama

英文	繁體中文	简体中文	漢語拼音	詞性
channel	頻道	频道	píndào	N.
media	媒體	媒体	méitǐ	N.
live broadcast	實況轉播	实况转播	shíkuàng zhuǎnbò	N.
television show	電視節目	电视节目	diànshì jiémù	N.
variety show	綜藝節目	综艺节目	zòngyì jiémù	N.
advertisement	廣告	广告	guǎnggào	N.
soap opera	連續劇	连续剧	liánxùjù	N.
news	新聞	新闻	xīnwén	N.
stage show	舞臺劇	舞台剧	wǔtáijù	N.
opera	歌劇	歌剧	gējù	N.
Taiwanese puppet theather	布袋戲	布袋戏	bùdàixì	N.
Taiwanese opera	歌仔戲	歌仔戏	gēzǎixì	N.
concert	演唱會	演唱会	yǎnchànghuì	N.
band	樂團	乐团	yuètuán	N.
director	導演	导演	dǎoyǎn	N.
actor	演員	演员	yǎnyuán	N.
audience	觀眾	观众	guānzhòng	N.
stage	舞臺	舞台	wǔtái	N.
script	劇本	剧本	jùběn	N.
character	角色	角色	jiǎosè	N.
lines	臺詞	台词	táicí	N.
cartoon	動畫片	动画片	dònghuàpiàn	N.

英文	繁體中文	简体中文	漢語拼音	詞性
sci-fi movie	科幻片	科幻片	kēhuànpiàn	N.
action movie	動作片	动作片	dòngzuòpiàn	N.
horror movie	恐怖片	恐怖片	kǒngbùpiàn	N.
romance	愛情片	爱情片	àiqíngpiàn	N.
comedy	喜劇片	喜剧片	xǐjùpiàn	N.
documentary	紀錄片	纪录片	jìlùpiàn	N.

補充生詞
bǔchōng shēngcí
Additional Vocabulary

英文	繁體中文	简体中文	漢語拼音	詞性
performance	表演	表演	biǎoyǎn	N.
comedy	喜劇	喜剧	xǐjù	N.
tragedy	悲劇	悲剧	bēijù	N.

1. 這 位 新 演 員 很 受 觀 眾 的 喜愛。
zhè wèi xīn yǎnyuán hěn shòu guānzhòng de xǐài
This new actor receives a lot of support from the audience.

2. 看 喜劇片 讓 人 心 情 愉快。
kàn xǐjùpiàn ràng rén xīnqíng yúkuài
Watching comedy puts people in a good mood.

3. Denny 最 喜 歡 看 Discovery 頻道 的 紀錄片 了。
zuì xǐhuān kàn píndào de jìlùpiàn le
Denny likes watching documentaries on Discovery Channel the most.

4. 李安 導 演 的 電 影 得 獎 了。
Lǐ ān dǎoyǎn de diànyǐng déjiǎng le
Director Ang Lee's movie won the award.

5. Emma 每天 晚 上 七 點 都 會 看 新聞。
　　měitiān wǎnshàng qī diǎn dōu huì kàn xīnwén
Emma watches the evening news everday at 7 o'clock.

對話 duìhuà

小陽：李安 導演 最新 的 電影 要 上映 了，要
Xiǎoyáng　Lǐān dǎoyǎn zuì xīn de diànyǐng yào shàngyìng le　yào

　　一起 去 看 嗎？
　　yìqǐ qù kàn ma

小張：當然 要！
Xiǎozhāng　dāngrán yào

小陽：他 的 每 部 片 我 都 看 過！
Xiǎoyáng　tā de měi bù piàn wǒ dōu kàn guò

小張：我 也 是！對 了，也 約 Sophie 和 Max，他們 也 很
Xiǎozhāng　wǒ yě shì duì le　yě yuē　　hé　　tāmen yě hěn

　　喜歡 李安 的 電影 。
　　xǐhuān Lǐān de diànyǐng

Dialogue

Xiǎoyáng : Director Ang Lee's newest movie is coming out in the theater soon. Would you like to go together?

Xiǎozhāng : Of course!

Xiǎoyáng : I have seen every one of his films.

Xiǎozhāng : Me too! By the way, let's also invite Max and Sophie, they also like Ang Lee's movies.

二、音樂 和 樂器
yīnyuè hé yuèqì
Music and Instruments

英文	繁體中文	简体中文	漢語拼音	詞性
piano	鋼琴	钢琴	gāngqín	N.
electric keyboard	電子琴	电子琴	diànzǐqín	N.
haramonica	口琴	口琴	kǒuqín	N.
accordion	手風琴	手风琴	shǒufēngqín	N.
guitar	吉他	吉他	jítā	N.
electric guitar	電吉他	电吉他	diànjítā	N.
violin	小提琴	小提琴	xiǎotíqín	N.
cello	大提琴	大提琴	dàtíqín	N.
flute	笛子	笛子	dízi	N.
French horn	法國號	法国号	fǎguóhào	N.
saxophone	薩克斯風	萨克斯风	sàkèsīfēng	N.
drum	鼓	鼓	gǔ	N.
Chinese lute	琵琶	琵琶	pípa	N.
guzheng	古箏	古筝	gǔzhēng	N.
moon guitar	月琴	月琴	yuèqín	N.
Chinese violin	二胡	二胡	èrhú	N.
Chinese oboe	嗩吶	唢呐	suǒnà	N.
tenor/soprano	男 / 女高音	男 / 女高音	nán /nǚ gāoyīn	N.
band	樂團	乐团	yuètuán	N.
singer	歌手	歌手	gēshǒu	N.
song	歌曲	歌曲	gēqǔ	N.
lyrics	歌詞	歌词	gēcí	N.
rhythm	節奏	节奏	jiézòu	N.
record	唱片	唱片	chàngpiàn	N.

補充生詞
bǔchōng shēngcí
Additional Vocabulary

英文	繁體中文	简体中文	漢語拼音	詞性
pop music	流行樂	流行乐	liúxíng yuè	N.
classical music	古典樂	古典乐	gǔdiǎn yuè	N.
jazz	爵士樂	爵士乐	juéshì yuè	N.
rock music	搖滾樂	摇滚乐	yáogǔn yuè	N.

1. 她 每 晚 都 在 餐廳 唱 歌 。
   tā měi wǎn dōu zài cāntīng chànggē
   She sings in the restaurant every night.

2. James 在 學校 上 鋼琴 課 。
   zài xuéxiào shàng gāngqín kè
   James takes piano classes at school.

3. Michael Jackson 出 過 十 幾 張 唱 片 。
   chū guò shí jǐ zhāng chàngpiàn
   Michael Jackson has released more than 10 albums.

4. 這 首 歌曲 很 多 人 都 會 唱 。
   zhè shǒu gēqǔ hěn duō rén dōu huì chàng
   A lot of people can sing this song.

5. 我 最 愛 的 歌 手 在 臺 上 彈 吉他。
   wǒ zuì ài de gēshǒu zài táishàng tán jítā
   My favorite singer is playing the guitar.

對話
duìhuà

Sophie ：你 下 禮拜 五 晚上 有 空 嗎？有 一 場
       nǐ xià lǐbài wǔ wǎnshàng yǒu kòng ma yǒu yì chǎng

鋼琴　表演，想　約 你一起去 聽。
gāngqín biǎoyǎn　xiǎng yuē nǐ　yìqǐ　qù tīng

小張 ：好呀，我那天　晚上　沒事。
Xiǎozhāng　hǎo yā　wǒ nà tiān wǎnshàng méi shì

Dialogue

Sophie　　: Are you free next Friday evening? There is a
　　　　　　piano performance I would like to go to with you.
Xiǎozhāng : Sure, I have nothing to do that evening.

三、興趣
xìngqù
Hobbies

英文	繁體中文	简体中文	漢語拼音	詞性
reading	閱讀	阅读	yuèdú	N.
writing	寫作	写作	xiězuò	N.
listen to music	聽音樂	听音乐	tīngyīnyuè	V.O.
singing	唱歌	唱歌	chànggē	N.
dancing	跳舞	跳舞	tiàowǔ	N.
watch a movie	看電影	看电影	kàndiànyǐng	N.
internet surfing	上網	上网	shàngwǎng	N.
game playing	玩遊戲	玩游戏	wányóuxì	N.
drawing	畫畫	画画	huàhuà	N.
fitness	健身	健身	jiànshēn	N.
picnic	野餐	野餐	yěcān	N.
hiking	健行	健行	jiànxíng	N.
mountain climbing	登山	登山	dēngshān	N.
camping	露營	露营	lùyíng	N.
fishing	釣魚	钓鱼	diàoyú	N.
bird watching	賞鳥	赏鸟	shǎngniǎo	N.
photography	攝影	摄影	shèyǐng	N.
cards playing	打牌	打牌	dǎpái	N.
mahjongg playing	打麻將	打麻将	dǎmájiàng	N.
chess playing	下棋	下棋	xiàqí	N.
cooking	烹飪	烹饪	pēngrèn	N.
gardening	園藝	园艺	yuányì	N.
wine tasting	品酒	品酒	pǐnjiǔ	N.
tea tasting	品茗	品茗	pǐnmíng	N.
go shopping	逛街	逛街	guàngjiē	N.

英文	繁體中文	简体中文	漢語拼音	詞性
stamp collecting	集郵	集邮	jíyóu	N.
craft making	做手工	做手工	zuòshǒugōng	N.

補充生詞
bǔchōng shēngcí
Additional Vocabulary

英文	繁體中文	简体中文	漢語拼音	詞性
cultivate	培養	培养	péiyǎng	V.
collect	蒐集	蒐集	sōují	V.
amateur	業餘的	业余的	yèyúde	Adj.
professional	專業的	专业的	zhuānyède	Adj.

1. 小 陽 喜 歡 閱 讀 小 說 。
   Xiǎoyáng xǐhuān yuèdú xiǎoshuō
   Xiaoyang likes reading novels.

2. 這 位 作 家 除 了 喜 歡 寫 作 還 喜 歡 爬 山 。
   zhè wèi zuòjiā chú le xǐhuān xiězuò hái xǐhuān páshān
   This writer not only likes to write, but he also likes hiking.

3. 新 年 期 間 親 戚 都 來 家 裡 打 麻 將 。
   xīnnián qíjiān qīnqī dōu lái jiā lǐ dǎmájiàng
   Our relatives come to our house during the Chinese New Year to play mahjong.

4. 爸 爸 常 跟 朋 友 去 釣 魚 。
   bàba cháng gēn péngyǒu qù diàoyú
   Dad usually goes fishing with his friends.

5. 爺 爺 喜 歡 在 大 樹 下 喝 茶 、 下 棋 。
   yéye xǐhuān zài dà shù xià hēchá xiàqí
   Grandpa likes to drink tea and play chess under the trees.

10-03

對話 duìhuà

小陽 Xiǎoyáng：我 記得 Sophie 妳 又 會 做菜 又 會 畫畫。
wǒ jìde nǐ yòu huì zuòcài yòu huì huàhuà

Sophie：是 呀，你 呢？你 的 興趣 是 什麼？
shì yā nǐ ne nǐ de xìngqù shì shénme

小陽 Xiǎoyáng：我 喜歡 看書、寫作 和 逛街，偶爾 也 打 麻將。
wǒ xǐhuān kànshū xiězuò hé guàngjiē ǒuěr yě dǎ májiàng

Sophie：有 空 也 教 我 打 麻將 好 嗎？
yǒu kòng yě jiāo wǒ dǎ májiàng hǎo ma

小陽 Xiǎoyáng：那 有 什麼 問題！
nà yǒu shénme wèntí

Sophie：謝謝 你！那 改 天 我 也 來 教 你 下 西洋棋。
xièxie nǐ nà gǎi tiān wǒ yě lái jiāo nǐ xià xīyángqí

Dialogue

Xiǎoyáng : I remember that you can cook and draw well, Sophie.

Sophie : Yes, and you? What's your hobby?

Xiǎoyáng : I like reading, writing, and shopping. I occasionally will play mahjong.

Sophie : Could you teach me how to play mahjong when you are free?

Xiǎoyáng : No problem!

Sophie : Thank you! Another day I will teach you how to play chess.

運 動 旅 遊 篇

SPORTS AND
TRAVEL

一、運 動
yùndòng
Sports

英文	繁體中文	简体中文	漢語拼音	詞性
basketball	籃球	篮球	lánqiú	N.
baseball	棒球	棒球	bàngqiú	N.
badminton	羽球	羽球	yǔqiú	N.
tennis	網球	网球	wǎngqiú	N.
billiards	桌球	桌球	zhuōqiú	N.
golf	高爾夫球	高尔夫球	gāoěrfūqiú	N.
soccer	足球	足球	zúqiú	N.
bowling	保齡球	保龄球	bǎolíngqiú	N.
volleyball	排球	排球	páiqiú	N.
gymnastics	體操	体操	tǐcāo	N.
yoga	瑜珈	瑜珈	yújiā	N.
skiing	滑雪	滑雪	huáxuě	N.
skating	滑冰	滑冰	huábīng	N.
running	跑步	跑步	pǎobù	N.
swimming	游泳	游泳	yóuyǒng	N.
diving	潛水	潜水	qiánshuǐ	N.
surfing	衝浪	冲浪	chōnglàng	N.
wrestling	摔角	摔角	shuāijiǎo	N.
boxing	拳擊	拳击	quánjí	N.
taekwondo	跆拳道	跆拳道	táiquándào	N.
sumo wrestling	相撲	相扑	xiàngpū	N.
weightlifting	舉重	举重	jǔzhòng	N.
archery	射箭	射箭	shèjiàn	N.

11-01

英文	繁體中文	简体中文	漢語拼音	詞性
car racing	賽車	赛车	sàichē	N.
referee	裁判	裁判	cáipàn	N.
coach	教練	教练	jiàoliàn	N.
competition	比賽	比赛	bǐsài	N.
medal	獎牌	奖牌	jiǎngpái	N.
ranking	名次	名次	míngcì	N.

補充生詞
bǔchōng shēngcí
Additional Vocabulary

英文	繁體中文	简体中文	漢語拼音	詞性
lose	輸	输	shū	V.
win	贏	赢	yíng	V.
the champion	冠軍	冠军	guànjūn	N.
the first runner-up	亞軍	亚军	yàjūn	N.
the second runner-up	季軍	季军	jìjūn	N.

1. 雖然 他 輸 了 比賽，但是 仍 然 努力 練習。
   suīrán tā shū le bǐsài dànshì réngrán nǔlì liànxí
   Although he lost the game, he is still practicing hard.

2. 她 贏 得 了 全 國 跆拳道 冠 軍。
   tā yíng dé le quánguó táiquándào guànjūn
   She is the champion of the national taekwondo competition.

3. 每 位 選 手 都 要 接受 跑步 訓練。
   měi wèi xuǎnshǒu dōu yào jiēshòu pǎobù xùnliàn
   Every athlete needs to practice running.

4. 臺灣 有 四 位 桌球 選 手 參加 奧運 比賽。
Táiwān yǒu sì wèi zhuōqiú xuǎnshǒu cānjiā àoyùn bǐsài
There are four Taiwanese table tennis players participating in the Olympics.

5. 他 的 興趣 是 潛 水 和 衝 浪 。
tā de xìngqù shì qiánshuǐ hé chōnglàng
His hobbies are scuba diving and surfing.

對話
duìhuà

Max ：這 次 奧運 臺灣 的 表現 怎麼樣？
zhè cì Àoyùn Táiwān de biǎoxiàn zěnmeyàng

小張 ：還 可以，一 面 金牌，兩 面 銅牌。
Xiǎozhāng hái kěyǐ yí miàn jīnpái liǎng miàn tóngpái

Max ：臺灣 今年 舉重 和 射箭 表現 得 很 不錯！
Táiwān jīnnián jǔzhòng hé shèjiàn biǎoxiàn de hěn búcuò

小張 ：可是 這 次 奧運 英國 拿 下 了 二 十 幾 面
Xiǎozhāng kěshì zhè cì Àoyùn Yīngguó ná xià le èr shí jǐ miàn

金牌，真 了不起！看 來 我們 要 更 努力 才行！
jīnpái zhēn liǎobùqǐ kàn lái wǒmen yào gèng nǔlì cáixíng

Dialogue

Max : How was Taiwan's performance in this Olympics?
Xiǎozhāng : Not bad, one gold medal and two bronze medals.
Max : Taiwan did well on weightlifting and archery this year.

Xiǎozhāng：But England earned more than 20 gold medals in this Olympics, isn't it amazing? Looks like we have to try harder!

二、旅遊
lǚyóu
Travel

英文	繁體中文	简体中文	漢語拼音	詞性
passport	護照	护照	hùzhào	N.
luggage	行李	行李	xínglǐ	N.
airport	機場	机杨	jīchǎng	N.
custom	海關	海关	hǎiguān	N.
backpacker	背包客	背包客	bēibāokè	N.
tourist	觀光客	观光客	guānguāngkè	N.
tourist guide	導遊	导游	dǎoyóu	N.
tour group	旅行團	旅行团	lǚxíngtuán	N.
compass	指南針	指南针	zhǐnánzhēn	N.
map	地圖	地图	dìtú	N.
to navigate	導航	导航	dǎoháng	V.
itinerary	行程	行程	xíngchéng	N.
plan	計畫	计画	jìhuà	N.
route	路線	路线	lùxiàn	N.
travel brochure	旅遊手冊	旅游手册	lǚyóu shǒucè	N.
tour bus	遊覽車	游览车	yóulǎnchē	N.
self-guided tour	自助旅行	自助旅行	zìzhù lǚxíng	N.
attractions	景點	景点	jǐngdiǎn	N.
landscape	風景	风景	fēngjǐng	N.
national park	國家公園	国家公园	guójiā gōngyuán	N.

補充生詞
bǔchōng shēngcí
Additional Vocabulary

英文	繁體中文	简体中文	漢語拼音	詞性
to depart	出發	出发	chūfā	V.
to arrive	抵達	抵达	dǐdá	V.
to delay	延誤	延误	yánwù	V.
lost	迷路	迷路	mílù	V.
rent the car	租車	租车	zūchē	V.

1. 上 飛機 前 ，請 把 護照 和 機票 拿 在 手 上 。
   shàng fēijī qián qǐng bǎ hùzhào hé jīpiào ná zài shǒu shàng
   Please hold in your hands your passport and your ticket when boarding the plane.

2. 上 禮拜，我們 全 家人 一起 去 陽 明 山
   shàng lǐbài wǒmen quán jiārén yìqǐ qù yángmíngshān
   國 家 公 園 賞 花。
   guójiāgōngyuán shǎng huā
   Our whole family went to Yangmingshan National Park last week to enjoy the flowers.

3. 我 送 爸爸 一 臺 衛星 導航機。
   wǒ sòng bàba yì tái wèixīng dǎohángjī
   I gave a GPS to my dad.

4. 背包客 拿 著 地圖 問 路。
   bēibāokè ná zhe dìtú wèn lù
   A backpacker is holding a map and asking for directions.

5. 全 班 決定 畢業 旅行 去 歐 洲 十 天 九 夜。
   quán bān juédìng bìyè lǚxíng qù Ōuzhōu shí tiān jiǔ yè
   The whole class has decided to take a graduation trip to Europe for 10 days and 9 nights.

對話
duìhuà

小張　：去年 我 跟 家人 到 東京 自助 旅行。日本 好
Xiǎozhāng　qùnián wǒ gēn jiārén dào dōngjīng zìzhù lǚxíng　Rìběn hǎo

吃、好 玩 的 東西 真 不 少。
chī　hǎo wán de dōngxi zhēn bù shǎo

小陽　：上 個 月，我 跟 旅行團 去 日本 玩，也 是
Xiǎoyáng　shàng ge yuè　wǒ gēn lǚxíngtuán qù Rìběn wán　yě shì

買 了 好 多 東西，回 來 的 時候 行李 還 超
mǎi le hǎo duō dōngxi　huí lái de shíhòu xínglǐ hái chāo

重 呢！
zhòng ne

Dialogue

Xiǎozhāng : Last year, my family and I went to Japan on a self-guided tour. There are a lot of interesting places to go and delicious food to eat.

Xiǎoyáng　: Last month I went to Japan with a tour group. I also bought a lot of things, when I came back my luggage was super heavy.

三、臺灣的旅遊景點
Táiwān de lǚyóu jǐngdiǎn
Tourist Attractions in Taiwan

英文	繁體中文	简体中文	漢語拼音	詞性
Chiang Kai-shek Memorial Hall	中正紀念堂	中正纪念堂	zhōngzhèng jìniàntáng	N.
National Theater & Concert Hall	國家兩廳院	国家两厅院	guójiā liǎngtīngyuàn	N.
Office of the President	總統府	总统府	zǒngtǒngfǔ	N.
Taipei 101	臺北101	台北101	Táiběi 101	N.
Tamsui Historical Museum	淡水古蹟博物館	淡水古迹博物馆	dàshuǐ gǔjī bówùguǎn	N.
Tamsui River	淡水河	淡水河	dànshuǐhé	N.
National Palace Museum	故宮博物院	故宫博物院	gùgōng bówùyuàn	N.
Yangming Mountain	陽明山	阳明山	yángmíngshān	N.
Lin Family Mansion and Garden	林家花園	林家花园	línjiā huāyuán	N.
Elephant Mountain	象山	象山	xiàngshān	N.
Jiufen Old Street	九份老街	九份老街	jiǔfèn lǎojiē	N.
Beitou Hot spring	北投溫泉	北投温泉	běitóu wēnquán	N.
Ximen Red House	西門紅樓	西门红楼	xīmén hónglóu	N.
Bangka Lungshan Temple	艋舺龍山寺	艋舺龙山寺	měngjiǎ lóngshānsì	N.
Sun Moon Lake	日月潭	日月潭	rìyuètán	N.
Confucian Temple	孔廟	孔庙	kǒngmiào	N.
Anping Old fort	安平古堡	安平古堡	ānpíng gǔbǎo	N.
Qingshui Cliff	清水斷崖	清水断崖	qīngshuǐ duànyá	N.

實用華語單字書

英文	繁體中文	简体中文	漢語拼音	詞性
Chikan Tower	赤崁樓	赤崁楼	chìkǎnlóu	N.
Taroko Gorge	太魯閣峽谷	太鲁阁峡谷	tàilǔgé xiágǔ	N.
Ali Mountain	阿里山	阿里山	ālǐshān	N.
Xizi Bay	西子灣	西子湾	xīzǐwān	N.
Eluanbi Lighthouse	鵝鑾鼻燈塔	鹅銮鼻灯塔	éluánbí dēngtǎ	N.
Hehuan Mountain	合歡山	合欢山	héhuānshān	N.

補充生詞
bǔchōng shēngcí
Additional Vocabulary

英文	繁體中文	简体中文	漢語拼音	詞性
take pictures	拍照	拍照	pāizhào	V.
check in	打卡	打卡	dǎkǎ	V.
commemorate	紀念	纪念	jìniàn	V.
upload	上傳	上传	shàngchuán	V.
tag	標記	标记	biāojì	V.

1. 跨年時，我帶外國朋友去臺北101看煙火。
kuànián shí　wǒ dài wàiguó péngyǒu qù Táiběi　　kàn yānhuǒ
On New Year's Eve, my foreign friends and me went to Taipei 101 to watch the firework show.

2. 中國觀光客在總統府前拍照。
Zhōngguó guānguāngkè zài zǒngtǒngfǔ qián pāizhào
Chinese tourists are taking photos in front of the President office.

3. 故宮博物院收藏幾十萬件古董。
Gùgōngbówùyuàn shōucáng　jǐ　shí wàn jiàn gǔdǒng
The National Palace Museum has a collection of more than one hundred thousand antiques.

4.一 生 一定要 看 一 次 淡水河 的 夕陽。
　　yì shēng yídìng yào kàn yí cì dànshuǐhé de xìyáng

You must see sunset on the Tamsui River at least once in your lifetime.

5.許多 人 會 去 艋舺 龍山寺 拜拜。
　　xǔduō rén huì qù měngjiǎ lóngshānsì bàibai

A lot of people go to Banka Lungshan Temple to worship.

對話
duìhuà

小張　：跨年 妳 打算 怎麼 過？ 我們 約 小陽、
Xiǎozhāng　kuànián nǐ dǎsuàn zěnme guò　wǒmen yuē Xiǎoyáng

　　　　Denny 和 Max 一起 過， 怎麼樣 ？
　　　　　　 hé　 yìqǐ guò zěnmeyàng

Sophie　：好呀！去 看 臺北 101 煙火 如何？
　　　　 hǎo yā　qù kàn Táiběi　 yānhuǒ rúhé

小張　：這 點子 不錯，只是 那裡 人 太 多 了，去 象
Xiǎozhāng zhè diǎnzi búcuò　zhǐshì nàlǐ rén tài duō le　qù xiàng

　　　　山 人 比 較 少。妳 覺得 呢？
　　　　shān rén bǐ jiào shǎo　nǐ juéde ne

Sophie　：好呀！就 這麼 說 定 了！
　　　　 hǎo yā　jiù zhème shuō dìng le

Dialogue

Xiǎozhāng : How would you like to celebrate the New Year?
　　　　　　How about asking Denny and Max to celebrate it
　　　　　　with us?

Sophie : Sure! How about going to watch the Taipei 101 fireworks?

Xiǎozhāng : It's a good idea but so many people there, if we go to Xiangshan, people is less. What do you think?

Sophie : Sure! That's a deal!

四、國外旅遊景點
guó wài lǚyóu jǐngdiǎn
Tourist Attractions in Worldwide

英文	繁體中文	简体中文	漢語拼音	詞性
Forbidden City	紫禁城	紫禁城	Zǐjìnchéng	N.
Great Wall Of China	萬里長城	万里长城	Wànlǐ Chángchéng	N.
Mount Fuji	富士山	富士山	Fùshìshān	N.
Sensoji Temple	淺草寺	浅草寺	Qiǎncǎosì	N.
Eiffel Tower	艾菲爾鐵塔	艾菲尔铁塔	Àifēiěr Tiětǎ	N.
Arch Of Triumph	凱旋門	凯旋门	Kǎixuánmén	N.
Seine	塞納河	塞纳河	Sàinàhé	N.
Cologne Cathedral	科隆大教堂	科隆大教堂	Kēlóng dàjiàotáng	N.
Brandenburger Gate	布蘭登堡門	布兰登堡门	Bùlándēngbǎo mén	N.
Heidelberg Castle	海德堡城堡	海德堡城堡	Hǎidébǎo chéngbǎo	N.
Berlin Wall	柏林圍牆	柏林围墙	Bólín wéiqiáng	N.
British Museum	大英博物館	大英博物馆	Dàyīng bówùguǎn	N.
Big Ben	大笨鐘	大笨钟	dàbènzhōng	N.
Buckingham Palace	白金漢宮	白金汉宫	báijīnhàngōng	N.
Statue of Liberty	自由女神像	自由女神像	zìyóunǚshén xiàng	N.
Golden Gate Bridge	金門大橋	金门大桥	Jīnmén dàqiáo	N.
Grand Canyon	大峽谷	大峡谷	dàxiágǔ	N.
Kremlin and Red Square	克里姆林宮	克里姆林宫	Kèlǐmǔlíngōng	N.

英文	繁體中文	简体中文	漢語拼音	詞性
Saint Basil's Cathedral	聖瓦西里大教堂	圣瓦西里大教堂	Shèngwǎxīlǐ dàjiàotáng	N.
Colosseum	羅馬競技場	罗马竞技场	Luómǎ jìngjìchǎng	N.
Sydney Opera House	雪梨歌劇院	雪梨歌剧院	Xuělí gējùyuàn	N.
Sydney Harbour Bridge	雪梨大橋	雪梨大桥	Xuělí dàqiáo	N.

補 充 生 詞
bǔchōng shēngcí
Additional Vocabulary

英文	繁體中文	简体中文	漢語拼音	詞性
famous	有名的	有名的	yǒumíng de	Adj.
domestic	國內的	国内的	guónà de	Adj.
foreign	國外的	国外的	guówài de	Adj.

1. 如果 你 去 中 國 ，一定 要 去 萬 里 長 城 和
   rúguǒ nǐ qù Zhōngguó yídìng yào qù Wànlǐchángchéng hé
   紫禁城。
   Zǐjìnchéng
   If you go to China, you definitely visit Forbidden City and Great Wall of China.

2. 我 和 朋 友 在 凱 旋 門 前 自拍。
   wǒ hé péngyǒu zài Kǎixuánmén qián zìpāi
   My friend and I selfie in front of Arch of Triumph.

3. 1990 年 德 國 政 府 拆除 柏 林 圍 牆 。
   nián Déguó zhèngfǔ chāichú Bólín wéiqiáng
   German government tore down Berlin Wall in 1990.

4. 大英 博物館 在 1759 年 開始 對 外 開 放 。
   dàyīng bówùguǎn zài　　　nián kāishǐ duì wài kāifàng
   British Museum opened to the public in 1759.

5. 《歌劇魅影》今晚 在 雪梨 歌劇院 演 出 。
   Gējùmèiyǐng jīnwǎn zài Xuělí gējùyuàn yǎnchū
   The Phantom of the Opera performs in Sydney Opera House tonight.

對 話
duìhuà

Sophie ：你 暑假 有 什麼 計畫 嗎 ？
　　　　 nǐ shǔjià yǒu shénme jìhuà ma

小陽 ：我 和 家人 要 去 澳洲 玩 。妳 呢 ？
Xiǎoyáng　 wǒ hé jiārén yào qù Àozhōu wán　 nǐ ne

Sophie ：我 的 家人 會 來 臺灣 旅遊 ，他們 說 要 去
　　　　 wǒ de jiārén huì lái Táiwān lǚyóu　 tāmen shuō yào qù

故宮博物院　 和 九份 老街 。
gùgōngbówùyuàn hé Jiǔfèn lǎojiē

小陽 ： 故宮 裡 有 很 多 珍貴 的 文物 ，九份 老街 有
Xiǎoyáng　 Gùgōng lǐ yǒu hěn duō zhēnguì de wénwù Jiǔfèn lǎojiē yǒu

日治 時期 的 建築 。 兩 個 地方 都 很 值得 去
Rìzhì shíqí de jiànzhú　 liǎng ge dìfāng dōu hěn zhíde qù

看看 ！
kànkàn

Dialogue

Sophie 　　 : Do you have any plan in summer vacation?

Xiǎoyáng : My family and I will go to Australia. How about you?

Sophie : My family will travel in Taiwan, they want to go National Palace Museum and Jiufen Old Street.

Xiǎoyáng : There are many precious cultural relics in National Palace Museum, and buildings of Japanese occupation period in Jiufen Old Street. It's worthwhile to visit these two places.

文化篇

CULTURE

一、藝術
yìshù
Arts

英文	繁體中文	简体中文	漢語拼音	詞性
sketch	素描	素描	sùmiáo	N.
graffiti	塗鴉	涂鸦	túyā	N.
painting	繪畫	绘画	huìhuà	N.
sculpture	雕塑	雕塑	diāosù	N.
dance	舞蹈	舞蹈	wǔdào	N.
advertisement	廣告	广告	guǎnggào	N.
architecture	建築	建筑	jiànzhú	N.
photography	攝影	摄影	shèyǐng	N.
design	設計	设计	shèjì	N.
juggle	雜耍	杂耍	záshuǎ	N.
magic	魔術	魔术	móshù	N.
calligraphy	書法	书法	shūfǎ	N.
seal carving	篆刻	篆刻	zhuàke	N.
ceramics	陶瓷	陶瓷	táocí	N.
Ikebana, art of Japanes flower arrangement	花道	花道	huādào	N.
tea ceremony	茶道	茶道	chádào	N.
(Japan) kendo	劍道	剑道	jiàndào	N.
comic dialogue; crossralk	相聲	相声	xiàngshēng	N.
Chinese orchestra	國樂	国乐	guóyuè	N.
Chinese opera	國劇	国剧	guójù	N.
Taiwanese opera	歌仔戲	歌仔戏	gēzǎixì	N.

英文	繁體中文	简体中文	漢語拼音	詞性
puppet show	布袋戲	布袋戏	bùdàixì	N.
shadow play	皮影戲	皮影戏	píyǐngxì	N.

補 充 生 詞
bǔchōng shēngcí
Additional Vocabulary

英文	繁體中文	简体中文	漢語拼音	詞性
admire	欣賞	欣赏	xīnshǎng	V.
visit	參觀	参观	cānguān	V.
hold	舉辦	举办	jǔbàn	V.
creativity	創意	创意	chuàngyì	N.
exhibition	展覽	展览	zhǎnlǎn	N.

1. 妹妹 的 素描 畫 得 很 好。
   mèimei de sùmiáo huà de hěn hǎo
   My younger sister's sketches are drawn very well.

2. 現在 的 孩子 越 來 越 少 欣 賞 國劇。
   xiànzài de háizi yuè lái yuè shǎo xīnshǎng guójù
   Nowadays there are fewer and fewer children enjoy Chinese Opera.

3. 日本 不論 是 花 道 或 茶 道 都 很 有 名。
   Rìběn búlùn shì huādào huò chádào dōu hěn yǒu míng
   No matter whether it is flower arrangement or tea ceremony both are famous in Japan.

4. 爸爸 很 喜歡 攝 影。
   bàba hěn xǐhuān shèyǐng
   My father really likes photography.

5. 他 的 興趣 是 畫畫。他 已經 有 上 百部 作品 了，
   tā de xìngqù shì huàhuà tā yǐjīng yǒu shàng bǎi bù zuòpǐn le

預計 在 明 年 開 畫 展。
   yùjì zài míngnián kāi huàzhǎn

His hobby is drawing. He has over a hundred pieces and is expected to exhibit them next year.

對話 duìhuà

Denny： 中文 系 的 同學 正在 準備 期末 表演。
   zhōngwén xì de tóngxué zhèngzài zhǔnbèi qímò biǎoyǎn

這 次 表演 的 主題 是 布袋戲，同時 還會 展 出
zhè cì biǎoyǎn de zhǔtí shì bùdàixì tóngshí hái huì zhǎn chū

一些 作品。
yìxiē zuòpǐn

Max ：聽 起 來 很 棒 ！我 對 書法 很 感 興趣，這次 的
tīng qǐ lái hěn bàng wǒ duì shūfǎ hěn gǎn xìngqù zhè cì de

展覽 有 嗎？
zhǎnlǎn yǒu ma

Denny：會 展 出 書法、 印章 跟 紙雕。如果 你 來，我
huì zhǎn chū shūfǎ yìnzhāng gēn zhǐdiāo rúguǒ nǐ lái wǒ

一定 介紹 我 朋友 讓 你 認識！
yídìng jièshào wǒ péngyǒu ràng nǐ rènshì

Dialogue

Denny : The students in the Chinese Department are preparing for the final presentation of the semester. The theme of this final performance will be Taiwanese Puppet Theater. There will also be an exhibition with some pieces.

Max : It sounds wonderful! I'm really interested in calligraphy. Is there a calligraphy exhibit this time?

Denny : The exhibition will display calligraphy, carved seals, and ceramics. If you come, I would like to introduce you to my friends.

二、宗 教
zōngjiào
Religion

英文	繁體中文	简体中文	漢語拼音	詞性
Buddhism	佛教	佛教	fójiào	N.
Taoism	道教	道教	dàojiào	N.
Islam	伊斯蘭教	伊斯兰教	yīsīlánjiào	N.
Hinduism	印度教	印度教	yìndùjiào	N.
Protestantism	基督教	基督教	jīdūjiào	N.
Catholicism	天主教	天主教	tiānzhǔjiào	N.
Mormonism	摩門教	摩门教	móménjiào	N.
Judaism	猶太教	犹太教	yóutàijiào	N.
priest	神父	神父	shénfù	N.
nun	修女	修女	xiūnǚ	N.
Pope	教宗	教宗	jiàozōng	N.
monk	和尚	和尚	héshàng	N.
nun	尼姑	尼姑	nígū	N.
Buddhist	佛教徒	佛教徒	fójiàotú	N.
Taoist	道教徒	道教徒	dàojiàotú	N.
Christians	基督徒	基督徒	jīdūtú	N.
believer	信眾	信众	xìnzhòng	N.
ritual	儀式	仪式	yíshì	N.
gods, deities	神明	神明	shénmíng	N.
soul	靈魂	灵魂	línghún	N.
ghost	鬼	鬼	guǐ	N.
temple	寺廟	寺庙	sìmiào	N.
church	教堂	教堂	jiàotáng	N.

英文	繁體中文	简体中文	漢語拼音	詞性
mosque	清真寺	清真寺	qīngzhēnsì	N.
scripture	經文	经文	jīngwén	N.
offering	祭品	祭品	jìpǐn	N.
incense	香	香	xiāng	N.
cross	十字架	十字架	shízìjià	N.
belief	信仰	信仰	xìnyǎng	N.
custom	習俗	习俗	xísú	N.
practice divination divine	占卜	占卜	zhānbǔ	V.

補充生詞
bǔchōng shēngcí
Additional Vocabulary

英文	繁體中文	简体中文	漢語拼音	詞性
mysterious	神祕的	神秘的	shénmì de	Adj.
holy	神聖的	神圣的	shénshèng de	Adj.
draw lots	抽籤	抽签	chōuqiān	V.
worship	祭拜	祭拜	jìbài	V.
cast moon blocks	擲筊	掷筊	zhíjiǎo	V.
believe	信奉	信奉	xìnfèng	V.
pious; devout	虔誠	虔诚	qiánchéng	V.

1. 神父 戴 著 十字架。
   shénfù dài zhe shízìjià
   The priest wears a cross.

2. 寺廟 和 教堂 都 是 神 聖 的 地方。
   sìmiào hé jiàotáng dōu shì shénshèng de dìfāng
   Temples and churches are both holy places.

🎧 12-02

實用華語單字書

198

3. 我 的 家人 都 是 佛教徒，除了 爸爸 以外。
wǒ de jiārén dōu shì fójiàotú　chúle bàba yǐ wài
My whole family is Buddhist, except for my father.

4. 道教徒 祭拜 的 時候 得 準備 花、水 果 和 點心。
dàojiāotú jìbài de shíhòu děi zhǔnbèi huā　shuǐguǒ hé diǎnxīn
Taoists have to prepare flowers, fruits, and snacks as offerings for worship.

5. 請 問 基督教 和 天主教 有 什麼 差別？
qǐng wèn jīdūjiào hé tiānzhǔjiào yǒu shénme chābié
May I ask what is the difference between Catholicism and Protestantism?

對話
duìhuà

Sophie ：下 禮拜 我 有 一 個 很 重要 的 考試，好 擔心
xià lǐbài wǒ yǒu yí ge hěn zhòngyào de kǎoshì hǎo dānxīn

考 不 好。
kǎo bù hǎo

小張 ：那 妳 要 不 要 去 拜拜，求 考試 順利？
Xiǎozhāng　nà nǐ yào bú yào qù bàibai　qiú kǎoshì shùnlì

Sophie ： 這樣 有 用 嗎？
zhèyàng yǒu yòng ma

小張 ：可以 保佑 妳，但是 還是 得 靠 自己 努力。
Xiǎozhāng　kěyǐ bǎoyòu nǐ　dànshì háishì děi kào zìjǐ nǔlì

Dialogue

Sophie ： I have a really important test next week; I am worried I won't do well.

Xiǎozhāng : Do you want to go to worship to ask for the test to go favorably?

Sophie　　 : Is it helpful?

Xiǎozhāng : You can have their blessings, but you still need to do the hard work yourself.

三、學 問
xuéwèn
Knowledge

英文	繁體中文	简体中文	漢語拼音	詞性
aesthetics	美學	美学	měixué	N.
theology	神學	神学	shénxué	N.
literature	文學	文学	wénxué	N.
philosophy	哲學	哲学	zhéxué	N.
historiography	史學	史学	shǐxué	N.
past	過去	过去	guòqù	N.
future	未來	未来	wèilái	N.
language	語言	语言	yǔyán	N.
logic	邏輯	逻辑	luójí	N.
self	自我	自我	zìwǒ	N.
awareness	意識	意识	yìshì	N.
rationality	理性	理性	lǐxìng	N.
sensibility	感性	感性	gǎnxìng	N.
experience	經驗	经验	jīngyàn	N.
moral	道德	道德	dàodé	N.
knowledge	知識	知识	zhīshì	N.
value	價值	价值	jiàzhí	N.
truth	真理	真理	zhēnlǐ	N.
spirit	心靈	心灵	xīnlíng	N.
concept	概念	概念	gàiniàn	N.
method	方法	方法	fāngfǎ	N.
equity	公平	公平	gōngpíng	N.
justice	正義	正义	zhèngyì	N.

英文	繁體中文	简体中文	漢語拼音	詞性
optimism	樂觀	乐观	lèguān	N.
pessimism	悲觀	悲观	bēiguān	N.
reality	現實	现实	xiànshí	N.
ideal	理想	理想	lǐxiǎng	N.

補 充 生 詞
bǔchōng shēngcí
Additional Vocabulary

英文	繁體中文	简体中文	漢語拼音	詞性
analyze	分析	分析	fēnxī	V.
criticize	批評	批评	pīpíng	V.
observe	觀察	观察	guānchá	V.
research	研究	研究	yánjiù	V.
exist	存在	存在	cúnzài	V.

1. 老師 對 學 生 說 一些 感 性 的 話 。
   lǎoshī duì xuéshēng shuō yìxiē gǎnxìng de huà
   The teacher has shared some heartfelt words with the students.

2. 這 位 教 授 主 要 研究 中 國 文 學 。
   zhè wèi jiàoshòu zhǔyào yánjiù zhōngguó wénxué
   This professor's research field is Chinese Literature.

3. 把握 現在 ， 開 創 未來 。
   bǎwò xiànzài kāichuàng wèilái
   Carpe diem!

4. 我 們 要 樂 觀 面 對 人 生 。
   wǒmen yào lèguān miànduì rénshēng
   We need to face life optimistically.

5. 生 命 都 有 存 在 的 價 值 。
shēngmìng dōu yǒu cúnzài de jiàzhí
All life has value.

對話
duìhuà

Denny ：我 這 學期 修 哲學 課。研究 主題 是 從 美學
wǒ zhè xuéqí xiū zhéxué kè yánjiù zhǔtí shì cóng měixué

領域 分析 理性 與 感性 。
lǐngyù fēnxī lǐxìng yǔ gǎnxìng

小陽 ：聽 起來 很 有 意思。
Xiǎoyáng tīng qǐlái hěn yǒu yìsi

Denny ：我 的 教授 也 覺得 這 題目 可以 試試，不過 我
wǒ de jiàoshòu yě juéde zhè tímù kěyǐ shìshì búguò wǒ

還在 研究 資料。希望 能夠 有 一 些 想法 。
háizài yánjiù zīliào   xīwàng nénggòu yǒu yì xiē xiǎngfǎ

小陽 ：那 就 加油 囉！
Xiǎoyáng nà jiù jiāyóu luō

Dialogue

Denny ： I am taking a Philosophy course this semester. My research topic is the approach to rationality and sensibility of Aesthetics.

Xiǎoyáng ： It sounds extremely interesting.

Denny ： My professor thinks that I can explore this topic, however I am still gathering data. I am hoping that I can have some insights.

Xiǎoyáng ： Good luck!

政治經濟篇

POLITICS AND ECONOMY

一、世界各 國
shìjiè gè guó
Countries around the World

英文	繁體中文	简体中文	漢語拼音	詞性
Asia	亞洲	亚洲	Yǎzhōu	N.
Japan	日本	日本	Rìběn	N.
Korean	韓國	韩国	Hánguó	N.
Taiwan	臺灣	台湾	Táiwān	N.
China	中國	中国	Zhōngguó	N.
India	印度	印度	Yìndù	N.
Afghanistan	阿富汗	阿富汗	Āfùhàn	N.
Europe	歐洲	欧洲	Ōuzhōu	N.
Sweden	瑞典	瑞典	Ruìdiǎn	N.
Austria	奧地利	奥地利	Àodìlì	N.
Belgium	比利時	比利时	Bǐlìshí	N.
Germany	德國	德国	Déguó	N.
French	法國	法国	Fǎguó	N.
United kingdom	英國	英国	Yīngguó	N.
Italy	義大利	意大利	Yìdàlì	N.
Spain	西班牙	西班牙	Xībānyá	N.
Portugal	葡萄牙	葡萄牙	Pútáoyá	N.
Norway	挪威	挪威	Nuówēi	N.
Africa	非洲	非洲	Fēizhōu	N.
Egypt	埃及	埃及	Āijí	N.
South Africa	南非	南非	Nánfēi	N.
America	美洲	美洲	Měizhōu	N.
U.S.A	美國	美国	Měiguó	N.

英文	繁體中文	简体中文	漢語拼音	詞性
Canada	加拿大	加拿大	Jiānádà	N.
Mexico	墨西哥	墨西哥	Mòxīgē	N.
Brazil	巴西	巴西	Bāxī	N.
Oceania	大洋洲	大洋洲	Dàyángzhōu	N.
Australia	澳洲	澳洲	Àozhōu	N.
New Zealand	紐西蘭	纽西兰	Niǔxīlán	N.

補 充 生 詞
bǔchōng shēngcí
Additional Vocabulary

英文	繁體中文	简体中文	漢語拼音	詞性
international	國際的	国际的	guójì de	Adj.
travel	旅行	旅行	lǚxíng	V.
cooperate	合作	合作	hézuò	V.
exchange	交流	交流	jiāoliú	V.
jet leg	時差	时差	shíchā	N.

1. 臺 灣 的 首 都 在 臺北。
   Táiwān de shǒudōu zài Táiběi
   Taiwan's capital is Taipei.

2. 咖 哩 是 印 度 美 食 之 一。
   kālǐ shì Yìndù měishí zhī yī
   Curry is a culinary specialty of India.

3. 很 多 人 喜 歡 看 韓 國 電視劇。
   hěn duō rén xǐhuān kàn Hánguó diànshìjù
   A lot of people like to watch Korean television series.

4. 橄欖球 是 紐西蘭 主要 的 運動。
gǎnlǎnqiú shì Niǔxīlán zhǔyào de yùndòng
Rugby is a major sport in New Zealand.

5. BMW 是 德國 品牌。
shì Déguó pǐnpái
BMW is a German brand.

對話
duìhuà

Max ：我 剛 從 歐洲 旅行 回來，那 邊 真的 很
wǒ gāng cóng Ōuzhōu lǚxíng huílái nà biān zhēnde hěn

漂亮 。
piàoliàng

Denny：旅行 真的 好！多 看看 這 個 世界， 心情 也 會
lǚxíng zhēnde hǎo duō kànkàn zhè ge shìjiè xīnqíng yě huì

愉快 。
yúkuài

Dialogue

Max ： I just came back from traveling from Europe. I was really beautiful.

Denny : Travelling is wonderful! Seeing much about the world and make you cheeful.

二、國家和政治
guójiā hé zhèngzhì
Nations and Politics

英文	繁體中文	简体中文	漢語拼音	詞性
government	政府	政府	zhèngfǔ	N.
national anthem	國歌	国歌	guógē	N.
national flag	國旗	国旗	guóqí	N.
territory	國土	国土	guótǔ	N.
nationality	國籍	国籍	guójí	N.
constitution	憲法	宪法	xiànfǎ	N.
bill	法案	法案	fǎàn	N.
democracy	民主	民主	mínzhǔ	N.
communist	共產	共产	gòngchǎn	N.
court	法院	法院	fǎyuàn	N.
president	總統	总统	zǒngtǒng	N.
minister	部長	部长	bùzhǎng	N.
dean	院長	院长	yuànzhǎng	N.
parliament	國會	国会	guóhuì	N.
cabinet	內閣	内阁	nèigé	N.
committee member	委員	委员	wěiyuán	N.
king	國王	国王	guówáng	N.
queen	皇后	皇后	huánghòu	N.
prince	王子	王子	wángzǐ	N.
princess	公主	公主	gōngzhǔ	N.
vote	選票	选票	xuǎnpiào	N.
voter	選民	选民	xuǎnmín	N.
election	選舉	选举	xuǎnjǔ	N.
candidate	候選人	候选人	hòuxuǎnrén	N.

英文	繁體中文	简体中文	漢語拼音	詞性
opinion poll	民意調查	民意调查	mínyì diàochá	N.
political party	政黨	政党	zhèngdǎng	N.
ruling party	執政黨	执政党	zhízhèngdǎng	N.
opposition party	在野黨	在野党	zàiyědǎng	N.
people	人民	人民	rénmín	N.
population	人口	人口	rénkǒu	N.
city	都市	都市	dūshì	N.
country	鄉村	乡村	xiāngcūn	N.
capital	首都	首都	shǒudū	N.

補充生詞
bǔchōng shēngcí
Additional Vocabulary

英文	繁體中文	简体中文	漢語拼音	詞性
support	支持	支持	zhīchí	V.
ask voters for support	拉票	拉票	lāpiào	V.
vote	投票	投票	tóupiào	V.
congress	開會	开会	kāihuì	V.

1. 英國首都在倫敦。
   Yīngguó shǒudōu zài Lúndūn
   London is the capital of the United Kingdom.

2. 臺灣有兩千三百萬人口。
   Táiwān yǒu liǎngqiān sānbǎi wàn rénkǒu
   The population of Taiwan is twenty-three million.

3. 候選人努力的向選民拉票。
   hòuxuǎnrén nǔlì de xiàng xuǎnmín lāpiào
   The candidate is working hard to get the voters' support.

4. 中 國 爲 共 產 主義 國家。

Zhōngguó wéi gòngchǎn zhǔyì guójiā

The People's Republic of China is a communist country.

5. 委 員 們 正 在 討論 明 年 的 法案。

wěiyuán men zhèngzài tǎolùn míngnián de fǎàn

Committee members are currently deliberating on next year's bills.

對 話
duìhuà

小張 ：四 年 一 次 的 總統 選舉 就 在 下 禮拜 了。
Xiǎozhāng 　 sì nián yí cì de zǒngtǒng xuǎnjǔ jiù zài xià lǐbài le

Sophie ：原來 是 這樣 ！外面 好 熱鬧！
yuánlái shì zhèyàng wàimiàn hǎo rènào

小張 ：這 就 是 臺灣 選舉 前 的 樣子。
Xiǎozhāng zhè jiù shì Táiwān xuǎnjǔ qián de yàngzi

Sophie ：這 真 是 個 很 特別 的 經驗 。
zhè zhēn shì ge hěn tèbié de jīngyàn

Dialogue

Xiǎozhāng : The presidential will be held next week.

Sophie : That's what it is. It has been so noisy outside.

Xiǎozhāng : That's what the pre-election period is like here, in Taiwan.

Sophie : It is really a unique experience.

三、法律與犯罪
fǎlǜ yǔ fànzuì
Law and Crimes

英文	繁體中文	简体中文	漢語拼音	詞性
court	法院	法院	fǎyuàn	N.
prison	監獄	监狱	jiānyù	N.
judge	法官	法官	fǎguān	N.
prosecutor	檢察官	检察官	jiǎncháguān	N.
lawyer	律師	律师	lǜshī	N.
accusation	罪名	罪名	zuìmíng	N.
thief	小偷	小偷	xiǎotōu	N.
suicide	自殺	自杀	zìshā	N.
robbery	搶劫	抢劫	qiǎngjié	N.
criminal	犯人	犯人	fànrén	N.
rights	權利	权利	quánlì	N.
responsibility	責任	责任	zérèn	N.
obligation	義務	义务	yìwù	N.
judgment	判決	判决	pànjué	V.
suspicion	嫌疑	嫌疑	xiányí	N.
defendant	被告	被告	bèigào	N.
plaintiff	原告	原告	yuángào	N.
witness	證人	证人	zhèngrén	N.
exhibit	證物	证物	zhèngwù	N.
victim	被害人	被害人	bèihàirén	N.
offender	加害人	加害人	jiāhàirén	N.
fine	罰金	罚金	fájīn	N.
criminal detention	拘役	拘役	jūyì	N.

英文	繁體中文	简体中文	漢語拼音	詞性
death penalty	死刑	死刑	sǐxíng	N.
crime	罪刑	罪刑	zuìxíng	N.

補充生詞
bǔchōng shēngcí
Additional Vocabulary

英文	繁體中文	简体中文	漢語拼音	詞性
safe	安全	安全	ānquán	Adj.
legal/illegal	合法 / 不合法	合法 / 不合法	héfǎ /bù héfǎ	Adj.
equal/ unequal	公平 / 不公平	公平 / 不公平	gōngpíng /bù gōngpíng	Adj.
punish	處罰	处罚	chǔfá	V.
arrest	逮捕	逮捕	dǎibǔ	V.
murder	殺人	杀人	shārén	V.

1. 這 名 犯人 在 監獄 已經 超 過 十 年。
zhè míng fànrén zài jiānyù yǐjīng chāoguò shí nián
This convict has been in prison for over ten years.

2. 小 偷 把 證 物 藏 起來 了。
xiǎotōu bǎ zhèngwù cáng qǐlái le
A thief has stolen the court evidence.

3. 保護 國家 是 軍 人 的 義務。
bǎohù guójiā shì jūnrén de yìwù
Protecting the country is a soldier's obligation.

4. 他 被 法官 判 處 死刑。
tā bèi fǎguān pànchǔ sǐxíng
He was sentenced to death.

5. 酒 後 開車 會 被 罰 臺幣 一萬 五 千 元 以上 的 罰金。
jiǔ hòu kāichē huì bèi fá táibì yíwàn wǔqiān yuán yǐshàng de fájīn
The minimum fine to pay when caught drunk driving is 15,000 New Taiwanese Dollars.

對話
duìhuà

Denny：我 聽說 學校 辦公室 遭 小偷 了！
wǒ tīngshuō xuéxiào bàngōngshì zāo xiǎotōu le

Sophie：是 啊！
shì a

Denny：警察 已經 找到 證人 和 證物 了！
jǐngchá yǐjīng zhǎodào zhèngrén hé zhèngwù le

Sophie：小偷 只是 偷 錢 而已，還好 沒 發生 什麼 事。
xiǎotōu zhǐshì tōu qián éryǐ háihǎo méi fāshēng shénme shì

Dialogue

Denny ： I heard that the school office was burglarized.

Sophie ： Yes, there has been.

Denny ： The police have found a witness and have collected evidence already.

Sophie ： The burglar has only stolen money. At least nothing serious has happened.

四、戰　爭
zhànzhēng
War

英文	繁體中文	简体中文	漢語拼音	詞性
national defense	國防	国防	guófáng	N.
military affair	軍事	军事	jūnshì	N.
military	部隊	部队	bùduì	N.
army	陸軍	陆军	lùjūn	N.
navy	海軍	海军	hǎijūn	N.
air force	空軍	空军	kōngjūn	N.
barracks; army base	軍營	军营	jūnyíng	N.
exercise	演習	演习	yǎnxí	N.
enemy	敵人	敌人	dírén	N.
prisoners of war	戰俘	战俘	zhànfú	N.
terrorist	恐怖分子	恐怖分子	kǒngbù fènzǐ	N.
weapon	武器	武器	wǔqì	N.
warship	戰艦	战舰	zhànjiàn	N.
cannon	大砲	大炮	dàpào	N.
tank	坦克	坦克	tǎnkè	N.
bomb	炸彈	炸弹	zhàdàn	N.
gun	槍	枪	qiāng	N.
treaty	條約	条约	tiáoyuē	N.

補 充 生 詞
bǔchōng shēngcí
Additional Vocabulary

英文	繁體中文	简体中文	漢語拼音	詞性
peaceful	和平的	和平的	hépíng de	Adj.
violent	暴力的	暴力的	bàolì de	Adj.
victory	勝利	胜利	shènglì	V.
failure	失敗	失败	shībài	V.

1. 臺灣 的 軍隊 有 陸軍、海軍 和 空軍。
   Táiwān de jūnduì yǒu lùjūn　hǎijūn hé kōngjūn
   Taiwan has an army, navy, and an air force.

2. 臺灣 每年 都 有 幾次 軍事 演習。
   Táiwān měinián dōu yǒu jǐ cì jūnshì yǎnxí
   Taiwan performs several military exercises each year.

3. 日本 正 在 研究 最 新型 的 武器。
   Rìběn zhèngzài yánjiù zuì xīnxíng de wǔqì
   Japan is currently researching the newest types of military weapons.

4. 戰 爭 結束 之後，美 國 和 英 國 簽 下 條約。
   zhànzhēng jiéshù zhīhòu　Měiguó hé Yīngguó qiān xià tiáoyuē
   After the war had ended, the United States and the United Kingdom
   had signed a treaty.

5. 軍人 用 炸彈 和 槍 攻擊 敵人。
   jūnrén yòng zhàdàn hé qiāng gōngjí dírén
   Soldiers use firearms and explosives to attack their enemies.

實用華語單字書

對話
duìhuà

Denny：我 昨晚 看 了 DVD，叫《 黑鷹 墜落 》（Black
　　　　wǒ zuówǎn kàn le　　jiào　 hēiyīng zhuìluò

　　　Hawk Down），很 刺激！
　　　　　　　　　　　　hěn cìjī

Max ：我 也 看 過 這 部 電影 ，武器 的 特效 非常
　　　wǒ yě kàn guò zhè bù diànyǐng　wǔqì de tèxiào fēicháng

　　　精彩。
　　　jīngcǎi

Denny：我 這裡 還有 好 多 戰爭 片，下 次 來 我 宿舍
　　　　wǒ zhèlǐ háiyǒu hǎo duō zhànzhēng piàn　xià cì lái wǒ sùshè

　　　一起 看！
　　　 yìqǐ kàn

Dialogue

Denny : I watched a movie last night, called "Black Hawk Down".

Max : I've also seen this film; the weapons special effects were spectacular.

Denny : I have a lot of other action movies here, next time you can come over to my dorm and watch a movie together.

五、經濟
jīngjì
Economy

英文	繁體中文	简体中文	漢語拼音	詞性
trade	貿易	贸易	màoyì	N.
export	出口	出口	chūkǒu	N.
import	進口	进口	jìnkǒu	N.
income	收入	收入	shōurù	N.
expenses; expenditure	支出	支出	zhīchū	N.
salary	薪水	薪水	xīnshuǐ	N.
industry	產業	产业	chǎnyè	N.
wholesale	批發	批发	pīfā	N.
retail	零售	零售	língshòu	N.
to produce; to manufacture	生產	生产	shēngchǎn	V.
consume	消費	消费	xiāofèi	V.
company	公司	公司	gōngsī	N.
product	產品	产品	chǎnpǐn	N.
currency	貨幣	货币	huòbì	N.
tax	稅	税	shuì	N.
share (certificate)	股票	股票	gǔpiào	N.
bonds	債券	债券	zhàiquàn	N.
futures	期貨	期货	qíhuò	N.
real estate	房地產	房地产	fángdìchǎn	N.
invest	投資	投资	tóuzī	N.
market	市場	市场	shìchǎng	N.

補充生詞
bǔchōng shēngcí
Additional Vocabulary

英文	繁體中文	简体中文	漢語拼音	詞性
make money/ lose money	賺錢 / 賠錢	赚钱 / 赔钱	zuànqián / péiqián	V.
business	商業	商业	shāngyè	N.
finance	金融	金融	jīnróng	N.

1. 這 間 貿易 公司 進口 保健 食品。

zhè jiān màoyì gōngsī jìnkǒu bǎojiàn shípǐn

This trade company imports health supplements.

2. 去 超市 買 清潔 產品 很 便宜。

qù chāoshì mǎi qīngjié chǎnpǐn hěn piányí

Buying cleaning products in the supermarket is really cheap.

3. 這 間 銀行 去年 開始 投資 房地產。

zhè jiān yínháng qùnián kāishǐ tóuzī fángdìchǎn

This bank started to invest in real estate last year.

4. 批發商 買 大量 的 原料，再批發 給 其他 工 廠 。

pīfāshāng mǎi dàliàng de yuánliào   zài pīfā gěi qítā gōngchǎng

Wholesalers buy materials in bulks, and then resell them to factories.

5. 今年 公司 的 收入 超 過 去年 35%。

jīnnián gōngsī de shōurù chāoguò qùnián

The company's revenue this year exceed last year by more than thirty-five percent.

對話
duìhuà

小陽 ：因為 經濟 不好，我 打算 進口 一些 有機 產品。
Xiǎoyáng　yīnwèi jīngjì bù hǎo　wǒ dǎsuàn jìnkǒu yìxiē yǒujī chǎnpǐn

小張 ：這 點子 真 不錯，我 來 當 你 的 客人 好 了！
Xiǎozhāng　zhè diǎnzi zhēn búcuò　wǒ lái dāng nǐ de kèrén hǎo le

小陽 ：那 有 什麼 問題！
Xiǎoyáng　　nà yǒu shénme wèn tí

Dialogue

Xiǎoyáng : Because the economy is bad, I have decided to import organic products.

Xiǎozhāng : This isn't a bad idea; I'll be one of your customers.

Xiǎoyáng : Absolutely!

六、銀行 和 郵局
yínháng hé yóujú
Bank and Post Office

英文	繁體中文	简体中文	漢語拼音	詞性
ATM	提款機	提款机	tíkuǎnjī	N.
bank teller	行員	行员	hángyuán	N.
security box	保險箱	保险箱	bǎoxiǎnxiāng	N.
identification	證件	证件	zhèngjiàn	N.
account	帳戶	帐户	zhànghù	N.
deposit book bankbook	存摺	存摺	cúnzhé	N.
balance	結餘	结余	jiéyú	N.
interest	利息	利息	lìxí	N.
check	支票	支票	zhīpiào	N.
credit card	信用卡	信用卡	xìnyòngkǎ	N.
credit limit	信用額度	信用额度	xìnyòng édù	N.
loan	貸款	贷款	dàikuǎn	N.
fund	基金	基金	jījīn	N.
insurance	保險	保险	bǎoxiǎn	N.
domestic mail	國內郵件	国内邮件	guónèi yóujiàn	N.
international mail	國際郵件	国际邮件	guójì yóujiàn	N.
e-mail	電子郵件	电子邮件	diànzǐ yóujiàn	N.
mailbox	信箱	信箱	xìnxiāng	N.
parcel	包裹	包裹	bāoguǒ	N.
letter	信件	信件	xìnjiàn	N.
postcard	明信片	明信片	míngxìnpiàn	N.
ordinary mail	平信	平信	píngxìn	N.

英文	繁體中文	简体中文	漢語拼音	詞性
registered letter	掛號信	挂号信	guàhàoxìn	N.
stamp	郵票	邮票	yóupiào	N.
printed paper	印刷品	印刷品	yìnshuāpǐn	N.
address	地址	地址	dìzhǐ	N.
ground transportation	陸運	陆运	lùyùn	N.
shipping	海運	海运	hǎiyùn	N.
air transport	空運	空运	kōngyùn	N.
freight	運費	运费	yùnfèi	N.
express delivery	快遞	快递	kuàidì	N.

補 充 生 詞
bǔchōng shēngcí
Additional Vocabulary

英文	繁體中文	简体中文	漢語拼音	詞性
withdrawal	提款	提款	tíkuǎn	V.
deposit	存款	存款	cúnkuǎn	V.
transfer	轉帳	转帐	zhuǎnzhàng	V.
send a letter	寄信	寄信	jìxìn	V.
swipe the credit card	刷卡	刷卡	shuākǎ	V.

1. 我 從 提款機 領 五千 塊 。
wǒ cóng tíkuǎnjī lǐng wǔqiān kuài
I withdrew five thousand dollars from the ATM.

2. 每 個 月 至 少 存 薪 水 的 一 半 。
měi ge yuè zhìshǎo cún xīnshuǐ de yí bàn
Each month you should try to save at least half your salary.

3. 公司 今天 早 上 收 到 一個 包裹。
gōngsī jīntiān zǎoshàng shōu dào yí ge bāoguǒ
The company had received a package this morning.

4. 我 的 朋 友 從 愛爾蘭 寄 明 信 片 給 我。
wǒ de péngyǒu cóng Àiěrlán jì míngxìnpiàn gěi wǒ
My friend sent me a postcard from Ireland.

5. 經理 將 文 件 放 進 保 險 箱。
Jīnglǐ jiāng wénjiàn fàng jìn bǎoxiǎnxiāng
The manager placed the documents in a safe.

對 話
duìhuà

小張　：等一下 可以 陪 我 去 郵局 寄 包裹 嗎？這 包裹
Xiǎozhāng　děngyíxià kěyǐ péi wǒ qù yóujú jì bāoguǒ ma zhè bāoguǒ

太 重 了！
tài zhòng le

Max　　：當然 可以 呀！你 寄 了 什麼 東西？
dāngrán kěyǐ yā nǐ jì le shénme dōngxi

小張　：我 寄 了 臺灣 的 零食 給 家人。謝謝 你 呀！
Xiǎozhāng　wǒ jì le Táiwān de língshí gěi jiārén xièxie nǐ yā

Dialogue

Xiǎozhāng : Could you accompany in a little bit to the post office to send a package. The package is really heavy.

Max　　　 : Of course! What are you shipping?

Xiǎozhāng : I am sending some Taiwanese snacks to my family. Thank you!

自然科學篇

NATURAL AND SCIENCE

一、宇 宙 和 天 空
yǔzhòu hé tiānkōng
Space and the Univerce

英文	繁體中文	简体中文	漢語拼音	詞性
galaxy	銀河	银河	yínhé	N.
sun	太陽	太阳	tàiyáng	N.
moon	月亮	月亮	yuèliàng	N.
star	星星	星星	xīngxing	N.
mercury	水星	水星	shuǐxīng	N.
venus	金星	金星	jīnxīng	N.
earth	地球	地球	dìqiú	N.
mars	火星	火星	huǒxīng	N.
jupiter	木星	木星	mùxīng	N.
saturn	土星	土星	tǔxīng	N.
uranus	天王星	天王星	tiānwángxīng	N.
neptune	海王星	海王星	hǎiwángxīng	N.
pluto	冥王星	冥王星	míngwángxīng	N.
astrology	星座	星座	xīngzuò	N.
comet	彗星	彗星	huìxīng	N.
meteor	流星	流星	liúxīng	N.
cloud	白雲	白云	báiyún	N.
rainbow	彩虹	彩虹	cǎihóng	N.
air	空氣	空气	kōngqì	N.
satellite	衛星	卫星	wèixīng	N.

補 充 生 詞
bǔchōng shēngcí
Additional Vocabulary

英文	繁體中文	简体中文	漢語拼音	詞性
rain	下雨	下雨	xiàyǔ	V.
thunder	打雷	打雷	dǎléi	V.
sultry	悶熱	闷热	mēnrè	Adj.
cool	涼爽	涼爽	liángshuǎng	Adj.
wet	潮濕	潮湿	cháoshī	Adj.

1. 下雨 過 後，天 空 出 現 美 麗 的 彩 虹 。
   xiàyǔ guò hòu tiānkōng chūxiàn měilì de cǎihóng
   After the rain shower a beautiful rainbow appear in the sky.

2. 山 上 的 空 氣 比 城 市 裡 的 空 氣 新 鮮 。
   shānshàng de kōngqì bǐ chéngshì lǐ de kōngqì xīnxiān
   The air in the mountains is fresher than the air in the city.

3. 臺 灣 目 前 有 四 顆 人 造 衛 星 。
   Táiwān mùqián yǒu sì kē rénzào wèixīng
   Taiwan currently has four man-made satellites.

4. 太 陽 從 東 邊 升 起 ，西 邊 落 下 。
   tàiyáng cóng dōngbian shēngqǐ xībiān luòxià
   The sun rises in the east and sets in the west.

5. 十 月 將 有 流 星 雨 。
   shí yuè jiāng yǒu liúxīngyǔ
   There will be meteor showers in October.

對話
duìhuà

Max ：聽 說，最近 幾 天 都 會 有 流星雨。我們 晚上
　　　tīng shuō zuìjìn jǐ tiān dōu huì yǒu liúxīngyǔ wǒmen wǎnshàng

　　　一起 去 看，如何？
　　　yìqǐ qù kàn rúhé

Sophie：好 啊！我 從來 沒 看 過 流星雨，這次 一定 不能
　　　　hǎo a wǒ cónglái méi kàn guò liúxīngyǔ zhècì yídìng bùnéng

　　　　再 錯過 了！
　　　　zài cuòguò le

Dialogue

Max ： I've heard there will
be meteor showers
in the next few days.
How about watch-
ing them together
tonight?

Sophie： Sure! I've never seen
a meteor shower
before. I don't not
want to miss them
again this time.

二、天氣 和 災害
tiānqì hé zāihài
Weather and Natural Disasters

英文	繁體中文	简体中文	漢語拼音	詞性
temperature	氣溫	气温	qìwēn	N.
air pressure	氣壓	气压	qìyā	N.
sunny day	晴天	晴天	qíngtiān	N.
rainy day	雨天	雨天	yǔtiān	N.
cloudy day	陰天	阴天	yīntiān	N.
breeze	微風	微风	wéifēng	N.
typhoon	颱風	台风	táifēng	N.
hurricane	颶風	巨风	jùfēng	N.
tornado	龍捲風	龙卷风	lóngjuǎnfēng	N.
thunder	雷	雷	léi	N.
lightning	閃電	闪电	shǎndiàn	N.
fog	霧	雾	wù	N.
rain	雨	雨	yǔ	N.
snow	雪	雪	xuě	N.
hail	冰雹	冰雹	bīngbáo	N.
cold current	寒流	寒流	hánliú	N.
heat wave	熱浪	热浪	rèlàng	N.
flood	水災	水灾	shuǐzāi	N.
drought	旱災	旱灾	hànzāi	N.
fire disaster	火災	火灾	huǒzāi	N.
tsunami	海嘯	海啸	hǎixiào	N.
earthquake	地震	地震	dìzhèn	N.
sandstorm	沙塵暴	沙尘暴	shāchénbào	N.

英文	繁體中文	简体中文	漢語拼音	詞性
mudslide	土石流	土石流	tǔshíliú	N.
snowstorm	暴風雪	暴风雪	bàofēngxuě	N.
avalanche	雪崩	雪崩	xuěbēng	N.
global warming	全球暖化	全球暖化	quánqiú nuǎnhuà	N.
desertification	沙漠化	沙漠化	shāmòhuà	N.
greenhouse effect	溫室效應	温室效应	wēnshì xiàoyìng	N.

補充生詞
bǔchōng shēngcí
Additional Vocabulary

英文	繁體中文	简体中文	漢語拼音	詞性
change	變化	变化	biànhuà	V.
phenomenon	現象	现象	xiànxiàng	V.
abnormal	異常	异常	yìháng	Adj.
adverse	惡劣的	恶劣的	èliè de	Adj.

1. 臺灣 每年 夏天 有 許多 颱風。
Táiwān měinián xiàtiān yǒu xǔduō táifēng
There are many typhoons every summer in Taiwan.

2. 美國 的 龍捲風 比 其他 國家 還多。
Měiguó de lóngjuǎnfēng bǐ qítā guójiā hái duō
There are more tornados in the U.S. than in any other country.

3. 這 幾天 早晚 溫差 大，小心 感冒。
zhè jǐtiān zǎo wǎn wēnchā dà xiǎoxīn gǎnmào
The daytime and nighttime temperature differential will be large the next couple of day, so be careful not to get sick.

4. 日本 每 年 有 上 千 次 的 地震。

Rìběn měinián yǒu shàng qiān cì de dìzhèn

In Japan there are thousands of earthquakes every year.

5. 今天 雨 下 得 真 大，還 不 時 有 打雷 和 閃 電。

jīntiān yǔ xià de zhēn dà hái bù shí yǒu dǎléi hé shǎndiàn

It has been pouring all day, and there has occasionally been thunder and lightning.

對話 duìhuà

小陽 ：宣布 放 颱風假 了， 明天 不 用 上 班
Xiǎoyáng xuānbù fàng táifēngjià le míngtiān bú yòng shàngbān

上課。
shàngkè

Denny ： 真 的 啊？那 我 要 注意 什麼 呢？
zhēn de a nà wǒ yào zhùyì shénme ne

小陽 ：要 先 準備 好 食物，而且 最 好 在 家，不 要
Xiǎoyáng yào xiān zhǔnbèi hǎo shíwù érqiě zuì hǎo zài jiā bú yào

隨便 出去， 這樣 才 安全 ！
suíbiàn chū qù zhèyàng cái ānquán

Denny ：嗯！那 我 明天 在 家裡 看 DVD。
èn nà wǒ míngtiān zài jiā lǐ kàn

Dialogue

Xiǎoyáng : It has been pouring all day, and there has occasionally been thunder and lightning.

Denny : Is that true? What do I need to pay attention to

then?

Xiǎoyáng : You should prepare food in advance, and you should plan on staying home and not going out.

Denny   : Okay, I'll stay home tomorrow and watch movies.

三、陸地和海洋
lùdì hé hǎiyáng
Land and Ocean

英文	繁體中文	简体中文	漢語拼音	詞性
geography	地理	地理	dìlǐ	N.
sea	大海	大海	dàhǎi	N.
waterfall	瀑布	瀑布	pùbù	N.
lake	湖泊	湖泊	húbó	N.
river	河流	河流	héliú	N.
stream	溪水	溪水	xīshuǐ	N.
mountain	山	山	shān	N.
volcanic	火山	火山	huǒshān	N.
rock	岩石	岩石	yánshí	N.
valley	山谷	山谷	shāngǔ	N.
island	島嶼	岛屿	dǎoyǔ	N.
plain	平原	平原	píngyuán	N.
ice sheet	冰原	冰原	bīngyuán	N.
desert	沙漠	沙漠	shāmò	N.
forest	森林	森林	sēnlín	N.
grassland	草原	草原	cǎoyuán	N.
terrain	地形	地形	dìxíng	N.

補 充 生 詞
bǔchōng shēngcí
Additional Vocabulary

英文	繁體中文	简体中文	漢語拼音	詞性
hot	熱	热	rè	Adj.
cold	冷	冷	lěng	Adj.
freeze	結冰	结冰	jiébīng	V.
explode	爆發	爆发	bàofā	V.
extrude	擠壓	挤压	jǐyā	V.

1. 看 著 藍色的大海，我的 心 情 慢 慢 平 靜 下 來。
   kàn zhe lánsè de dàhǎi　wǒ de xīnqíng mànmàn píngjìng xià lái
   Watching the turquoise ocean has slowly filled me with an inner sense of calm.

2. 撒哈拉沙漠是 全 世界最 大的 沙 漠。
   Sāhālāshāmò shì quán shìjiè zuì dà de shāmò
   The Saharan Desert is the largest desert in the world.

3. 南 極 冰 原 已 經 開始 融 化 了。
   Nánjí bīngyuán yǐjīng kāishǐ rónghuà le
   The Antarctic ice sheet has already started to melt.

4. 臺 灣 是 一 個 四 面 都 是 海 的 島 嶼。
   Táiwān shì yí ge sì miàn dōu shì hǎi de dǎoyǔ
   Taiwan is an island surrounded by ocean on all four sides.

5. 富 士 山 是 一 座 活 火 山 。
   Fùshìshān shì yí zuò huó huǒshān
   Mount Fuji is an active volcano.

對話
duìhuà

小張 ：在 臺灣，你 可以 看 山 也 可以 看 海。
Xiǎozhāng　zài Táiwān　nǐ　kěyǐ　kàn shān yě　kěyǐ　kàn hǎi

Max 　　：我 聽說 　陽明山 　的 景色 很 美，有 特別 的
　　　　wǒ tīngshuō Yángmíngshān de jǐngsè hěn měi yǒu tèbié de

地形 和 　溫泉 。
dìxíng hé wēnquán

小張 ：沒錯！那裡 的 空氣 很 新鮮；改 天 可以 和
Xiǎozhāng méicuò 　nàlǐ de kōngqì hěn xīnxiān 　gǎi tiān kěyǐ hé

Sophie、 　小陽 　一起 去 野餐！
　　　　Xiǎoyáng　yìqǐ　qù yěcān

Dialogue

Xiǎozhāng : You can see both the mountains and the ocean in Taiwan.

Max 　　 : I have heard that the scenery in Yangmingshan is beautiful. I also heard that there are several unique geological features and a hot spring.

Xiǎozhāng : Exactly! The air is really fresh there. We should have a picnic there with Sophie and Xiǎoyáng one day.

四、動 物
dòngwù
Animals

英文	繁體中文	简体中文	漢語拼音	詞性
cat	貓	猫	māo	N.
dog	狗	狗	gǒu	N.
rabbit	兔子	兔子	tùzi	N.
mouse	老鼠	老鼠	lǎoshǔ	N.
chicken	雞	鸡	jī	N.
duck	鴨子	鸭子	yāzi	N.
goose	鵝	鹅	é	N.
bird	鳥	鸟	niǎo	N.
eagle	老鷹	老鹰	lǎoyīng	N.
pigeon	鴿子	鸽子	gēzi	N.
parrot	鸚鵡	鹦鹉	yīngwǔ	N.
peacock	孔雀	孔雀	kǒngquè	N.
ostrich	鴕鳥	鸵鸟	tuóniǎo	N.
penguin	企鵝	企鹅	qìé	N.
lion	獅子	狮子	shīzi	N.
tiger	老虎	老虎	lǎohǔ	N.
leopard	豹	豹	bào	N.
wolf	狼	狼	láng	N.
bear	熊	熊	xióng	N.
panda	熊貓／貓熊	熊猫／猫熊	xióngmāo／máoxióng	N.
koala	無尾熊	无尾熊	wúwěixióng	N.
polar bear	北極熊	北极熊	běijíxióng	N.

英文	繁體中文	简体中文	漢語拼音	詞性
kangaroo	袋鼠	袋鼠	dàishǔ	N.
sheep	羊	羊	yáng	N.
cattle	牛	牛	niú	N.
horse	馬	马	mǎ	N.
zebra	斑馬	斑马	bānmǎ	N.
pig	豬	猪	zhū	N.
camel	駱駝	骆驼	luòtuó	N.
giraffe	長頸鹿	长颈鹿	chángjǐnglù	N.
elephant	大象	大象	dàxiàng	N.
rhinoceros	犀牛	犀牛	xīniú	N.
hippo	河馬	河马	hémǎ	N.
deer	鹿	鹿	lù	N.
fox	狐狸	狐狸	húlí	N.
gorilla	猩猩	猩猩	xīngxīng	N.
monkey	猴子	猴子	hóuzi	N.

補充生詞
bǔchōng shēngcí
Additional Vocabulary

英文	繁體中文	简体中文	漢語拼音	詞性
protect	保護	保护	bǎohù	V.
rare	稀有	稀有	xīyǒu	V.
wild	野生	野生	yěshēng	Adj.
ferocious	凶猛	凶猛	xiōngměng	Adj.

1. 北極熊 的 數 量 越 來越 少 了。
běijíxióng de shùliàng yuè lái yuè shǎo le
The number of polar bears has been in decline.

2. 人類 獵殺 非洲 草原 上 的犀牛。
rénlèi lièshā Fēizhōu cǎoyuán shàng de xīniú
People hunt rhinoceroses in the grasslands of Africa.

3. 有 一 隻 鴿子 正 在 陽臺 孵蛋。
yǒu yì zhī gēzi zhèngzài yángtái fūdàn
There is a dove hatching outside on our balcony.

4. 動物園裡 常 見的凶 猛 動物 有 獅子、老虎
dòngwùyuán lǐ cháng jiàn de xiōngměng dòngwù yǒu shīzi lǎohǔ
和 豹。
hé bào
The most common ferocious animals in zoos are tigers, lions, and
leopards.

5. 在 泰 國 大 象 代表 繁 榮 和幸福。
zài Tàiguó dàxiàng dàibiǎo fánróng hé xìngfú
Elephants represent prosperity and happiness in Thailand.

對 話
duìhuà

（在 臺北市 立 動 物 園 ）
zài Táiběishì lì dòngwùyuán

Max ：這 是 我 第 一 次 到 臺灣 的 動物園 。
zhè shì wǒ dì yī cì dào Táiwān de dòngwùyuán

小張 ：在 這裡 有 熊貓 、無尾熊 和 企鵝。看 完 之後
Xiǎozhāng zài zhèlǐ yǒu xióngmāo wúwěixióng hé qiè kàn wán zhīhòu

還 可以 搭 纜車 去 欣賞 風景 喔！
hái kěyǐ dā lǎnchē qù xīnshǎng fēngjǐng wō

Dialogue

(In the Taipei City Zoo)

Max : This is my first time to go come to a zoo in Taiwan.

Xiǎozhāng : There are pandas, koalas, and penguins here. After seeing the animals, we can take the gondola up to enjoy the scenery.

五、昆蟲類和水中生物
kūnchóng lèi hé shuǐ zhōng shēngwù
Insects and Aquatic Animals

英文	繁體中文	简体中文	漢語拼音	詞性
reptile	爬蟲	爬虫	páchóng	N.
ant	螞蟻	蚂蚁	mǎyǐ	N.
fly	蒼蠅	苍蝇	cāngyíng	N.
mosquito	蚊子	蚊子	wénzi	N.
flea	跳蚤	跳蚤	tiàozǎo	N.
butterfly	蝴蝶	蝴蝶	húdié	N.
bee	蜜蜂	蜜蜂	mìfēng	N.
dragonfly	蜻蜓	蜻蜓	qīngtíng	N.
spider	蜘蛛	蜘蛛	zhīzhū	N.
centipede	蜈蚣	蜈蚣	wúgōng	N.
cricket	蟋蟀	蟋蟀	xīshuài	N.
cicada	蟬	蝉	chán	N.
ladybug	瓢蟲	瓢虫	piáochóng	N.
cockroach	蟑螂	蟑螂	zhāngláng	N.
lizard	蜥蜴	蜥蜴	xīyì	N.
crocodile	鱷魚	鳄鱼	èyú	N.
dinosaur	恐龍	恐龙	kǒnglóng	N.
frog	青蛙	青蛙	qīngwā	N.
snail	蝸牛	蜗牛	guāniú	N.
turtle	烏龜	乌龟	wūguī	N.
hippo	河馬	河马	hémǎ	N.
snake	蛇	蛇	shé	N.
fish	魚	鱼	yú	N.

英文	繁體中文	简体中文	漢語拼音	詞性
whale	鯨魚	鲸鱼	jīngyú	N.
dolphin	海豚	海豚	hǎitún	N.
shark	鯊魚	鲨鱼	shāyú	N.
seal	海豹	海豹	hǎibào	N.
octopus	章魚	章鱼	zhāngyú	N.
jelly fish	水母	水母	shuǐmǔ	N.
coral	珊瑚	珊瑚	shānhú	N.
star fish	海星	海星	hǎixīng	N.

補 充 生 詞
bǔchōng shēngcí
Additional Vocabulary

英文	繁體中文	简体中文	漢語拼音	詞性
crawl	爬	爬	pá	V.
breed	飼養	饲养	sìyǎng	V.
conserve	保育	保育	bǎoyù	V.

1. 夏天 有 許多 蒼 蠅 和 蚊子。
   xiàtiān yǒu xǔduō cāngyíng hé wénzi
   There are many fly and mosquito in summer.

2. 日本 料理 店 賣 新鮮 的 章 魚 。
   Rìběn liàolǐ diàn mài xīnxiān de zhāngyú
   This Japanese restaurant sells fresh octopus.

3. 海 洋 博 物 館 裡 有 海豚、鯨魚 和 鯊魚。
   hǎiyángbówùguǎn lǐ yǒu hǎitún jīngyú hé shāyú
   This aquarium has dolphins, whales, and sharks.

4. 蜥蜴 和 蜈蚣，他 都 養 過 了。
   xīyì hé wúgōng tā dōu yǎng guò le
   He has kept both lizards and centipedes as pets.

5. 夏天 時，到處 可以 聽 到 蟬 叫 聲。
   xiàtiān shí dàochù kěyǐ tīng dào chán jiào shēng
   We can hear cicadas everywhere in the summer.

對 話
duìhuà

Sophie：真 沒 想 到，原來 你 對 蛇 有 興趣！
zhēn méi xiǎng dào yuánlái nǐ duì shé yǒu xìngqù

Max ：是 呀！妳 要 不 要 摸 這 條 蛇？或是 把 牠 放在
shì yā nǐ yào bú yào mō zhè tiáo shé huòshì bǎ tā fàngzài

肩膀 上？
jiānbǎng shàng

Sophie：謝謝 你，不 用 了！我 最 怕 蛇 了，還是 欣賞 就
xièxie nǐ bú yòng le wǒ zuì pà shé le háishì xīnshǎng jiù

好。
hǎo

Dialogue

Sophie : I never thought that you were interested in snakes.

Max : Yes! Would you like to pet a snake? Or, would you like to have a snake on your shoulder?

Sophie : Thank you, I'll be fine. I am terrified of snakes. I am happy to enjoy them from here.

六、植物
zhíwù
Plants

英文	繁體中文	简体中文	漢語拼音	詞性
tree	樹木	树木	shùmù	N.
trunk	樹幹	树干	shùgàn	N.
branch	樹枝	树枝	shùzhī	N.
root	根	根	gēn	N.
leave	葉子	叶子	yèzi	N.
grass	草	草	cǎo	N.
seed	種子	种子	zhǒngzǐ	N.
fruit	果實	果实	guǒshí	N.
potted plants	盆栽	盆栽	pénzāi	N.
bamboo	竹子	竹子	zhúzi	N.
oak tree	橡樹	橡树	xiàngshù	N.
banyan tree	榕樹	榕树	róngshù	N.
pine tree	松樹	松树	sōngshù	N.
maple tree	楓樹	枫树	fēngshù	N.
palm tree	棕櫚樹	棕榈树	zōnglǘshù	N.
cactus	仙人掌	仙人掌	xiānrénzhǎng	N.
flower	花朵	花朵	huāduǒ	N.
rose	玫瑰	玫瑰	méiguī	N.
lavender	薰衣草	薰衣草	xūnyīcǎo	N.
lily	百合	百合	bǎihé	N.
jasmine	茉莉花	茉莉花	mòlìhuā	N.
sunflower	向日葵	向日葵	xiàngrìkuí	N.
cherry blossom	櫻花	樱花	yīnghuā	N.

英文	繁體中文	简体中文	漢語拼音	詞性
plum	梅花	梅花	méihuā	N.
orchid	蘭花	兰花	lánhuā	N.
violet	紫羅蘭	紫罗兰	zǐluólán	N.
tulip	鬱金香	郁金香	yùjīnxiāng	N.
poinsettia	聖誕紅	圣诞红	shèngdànhóng	N.

補充生詞
bǔchōng shēngcí
Additional Vocabulary

英文	繁體中文	简体中文	漢語拼音	詞性
blossom	開花	开花	kāihuā	V.
watering	澆水	浇水	jiāoshuǐ	V.
bloomy	茂盛	茂盛	màoshèng	Adj.
withered	枯萎	枯萎	kūwēi	Adj.

1. 在 管 家 的 照 顧 下，花 逐 漸 開 了。
   zài guǎnjiā de zhàogù xià　huā zhújiàn kāi le
   Thanks to the good care of the housekeeper, all the flowers are slowly blossoming.

2. 客 廳 裡 充 滿 茉 莉 花 香 。
   kètīng lǐ chōngmǎn mòlìhuā xiāng
   The room is full of jasmine flower scent.

3. 大 家 從 這 裡 可 以 看 到 紫羅蘭花 海。
   dàjiā cóng zhèlǐ kěyǐ kàn dào zǐluólánhuā hǎi
   From here, everybody can enjoy the view of the gillyflower field.

4. 許 多 鳥 在 橡 樹 園 裡 飛 來 飛 去。
   xǔduō niǎo zài xiàngshù yuán lǐ fēi lái fēi qù
   Many birds are flying around the Oak Park.

5. 玫 瑰 花 是 許 多 女性 的 最 愛 。
méiguīhuā shì xǔ duō nǚxìng de zuì ài

Roses are the favorite flowers of many women.

對 話
duìhuà

Sophie ：我 最 喜歡 櫻花 了 ，每 年 我 都 會 去 日本 看
wǒ zuì xǐhuān yīnghuā le　měi nián wǒ dōu huì qù Rìběn kàn

櫻花 。
yīnghuā

小張 ：去年 我 去 看 櫻花 時 ，看 到 那 美麗 的 櫻花
Xiǎozhāng　qùnián wǒ qù kàn yīnghuā shí　kàn dào nà měilì de yīnghuā

飄 在 空 中 ，立刻 就 愛 上 櫻花 。日本 的
piāo zài kōng zhōng　lìkè jiù ài shàng yīnghuā　Rìběn de

櫻花 真 讓 人 難 忘 啊 ！
yīnghuā zhēn ràng rén nán wàng　a

Dialogue

Sophie　　　 : The cherry blossom is my favorite flower. I go to Japan to see the cherry blossoms every year.

Xiǎozhāng : Last year when I went to see the cherry blossoms, I saw the cherry blossoms falling in the air like snowflakes. The cherry blossoms in Japan are indeed unforgettable.

國家圖書館出版品預行編目資料

實用華語單字書／楊琇惠著. －－初版.－－
臺北市：五南, 2018.08
　面；　公分
ISBN 978-957-11-9570-4（平裝）
1.漢語　2.詞彙
802.86　　　　　　　　107000152

1XF8 華語系列

實用華語單字書

編 著 者 ─ 楊琇惠

編輯助理 ─ 張郁笙、Matthew James Bolger

發 行 人 ─ 楊榮川

總 經 理 ─ 楊士清

副總編輯 ─ 黃惠娟

責任編輯 ─ 蔡佳伶、蘇禹璇

校對編輯 ─ 周雪伶

錄音人員 ─ 孔柏仁、黃琡華

封面設計 ─ 姚孝慈

插畫設計 ─ 俞家燕

出 版 者 ─ 五南圖書出版股份有限公司

地　　址：106台北市大安區和平東路二段339號4樓

電　　話：(02)2705-5066　　傳　　真：(02)2706-6100

網　　址：http://www.wunan.com.tw

電子郵件：wunan@wunan.com.tw

劃撥帳號：19628053

戶　　名：五南圖書出版股份有限公司

法律顧問　林勝安律師事務所 林勝安律師

出版日期　2018年8月初版一刷

定　　價　新臺幣380元

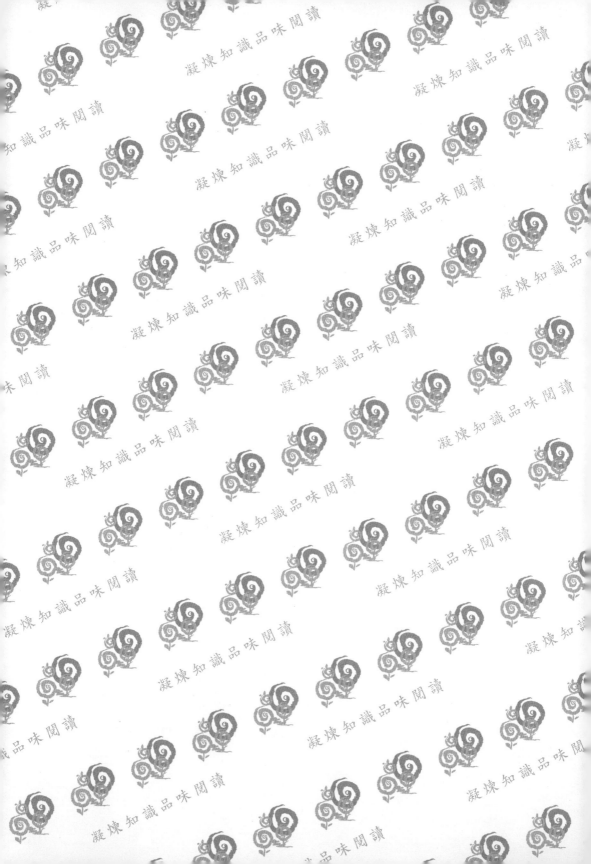